神官様に
断頭台に
送られそう
です!

皇帝陛
専属司

# 皇帝陛下の専属司書姫2

## 神官様に断頭台に送られそうです！

やしろ慧

K E I　Y A S H I R O

一迅社文庫アイリス

CONTENTS

ルーカス
二十七歳。トゥーラン皇国の皇帝で、絶大な魔力の持ち主。
カノンの契約恋人。
ゲームの攻略対象でありラスボスでもある。ゲームでは『憤怒』の大罪持ち。性格は狡猾、傍若無人。
神官様に断頭台に送られそうです!
皇帝陛下の専属司書姫 2
カノン
十八歳。パージル伯爵令嬢。
異母妹のシャーロットに会ったことで、自分がゲームの悪役に生まれていたことに気づく。
悪役の運命を逃れ、平穏な人生を送ることが目標。ルーカスと恋人契約を結んでおり、皇室所縁の名誉爵位——シャント伯爵位と皇宮図書館の館長職を授かった。

## シャーロット

十六歳。カノンの異母妹で、
ゲームのヒロイン。愛らしい容姿の持ち主。
綿菓子みたいな女の子。

## ロシェ・クルガ

二十五歳。孤児院出身の美貌の神官。
ゲームの攻略対象の一人。
『色欲』の大罪持ち。

## ベイリュート

タミシュ大公。その美貌と女性遍歴で有名。
ゲームの攻略対象の一人。
『怠惰』の大罪持ち。

## ミアシャ

ダフィネの侍女。ルーカスの花嫁候補の
一人で侯爵令嬢。派手な美女。

## ジェジェ

白いホワホワした毛並みの魔猫。
カノンのことを気に入っている。

## ラウル

ルーカスの側近で性別不明の人物。
カノンの侍女兼護衛騎士。

## バージル卿

カノンの父親で伯爵。長女のカノンには冷たく、次
女のシャーロットを溺愛している。

## ゾーイ

子爵夫人。皇宮図書館の副館長。
人当たりの柔らかい人物。

## セシリア

孤児の少女。明るくしっかり者。ノアの姉。

## レヴィナス

十七歳。カノンの義弟で、皇都の大学に
通っている。ゲームの攻略対象の一人。
『嫉妬』の大罪持ち。

## オスカー

二十五歳。ディアドラ侯爵家の嫡男で、
カノンの元婚約者。ゲームの攻略対象の
一人。『傲慢』の大罪持ち。

## ダフィネ

皇太后。ルーカスの祖母で育ての親。
カノンの母、イレーネの後見人をしていた。

## ヴァレリア

先代皇帝の娘で、ルーカスの叔母。
未亡人。三十代半ばの美女。

## シュート

ルーカスの側近。近衛騎士団の騎士。
ルーカスとは子供の頃からの付き合い。

## キリアン

ルーカスの側近。
近衛騎士団の騎士で、人狼族の青年。

## イレーネ

カノンの母親。皇族の傍系の娘で、
皇太后の庇護下で養育された。
カノンが幼い日に亡くなった。

## ポディム

神殿に仕える神官。十三人いる聖官の内の一人。

## ノア

孤児の少年。人見知りなところがある。

## ◈KEYWORD◈《虹色プリンセス》

生まれ変わる前のカノンがプレイしたことのあるゲーム。
七人の攻略対象がそれぞれ七つの大罪『傲慢』『強欲』『嫉妬』『憤怒』『色欲』『暴食』『怠惰』に
なぞらえた『傷』を持っている。その傷をヒロインたちが癒さないと家や国が滅ぶ物騒な内容。

イラストレーション◆なま

# 皇帝陛下の専属司書姫2

## 神官様に断頭台に送られそうです！

Librarian Princess for the Emperor

## ★プロローグ

「カノン・エッカルト――前へ出なさい。あれが、あなたの最期の場所です」

声に温度というものが存在するならば、この声のそれは絶対零度だ。

カノンの首筋に運命を突き立てて冷たく切り裂こうとしている。

カノンは震えた。がくがくと震えて足が前へ進まない。

「神官様のご命令だ。罪人よ、前へ出ろ」

声の主に従った黒髪の少年が、後手を拘束されたカノンを無理やり立たせ、前へ押し出す。

「痛いっ」

カノン……、カノン・エッカルト・ディ・シャントは小さく悲鳴をあげた。

呆然と自らの目の前に聳え立つ、禍々しいオブジェのような何かを見上げてごくりと唾を飲み込む。無骨な太い二本の柱は大人の背の三倍はありそうだ。鈍く光るのはその間に渡された斜めに尖った形状の重厚な鉄の刃――断頭台が、カノンを無言で見下ろしていた。

「どうして、私が処刑されないといけないの……！」

カノンは悲鳴に近い声で抗議した。

「納得ができません！　……だって、破滅ルートは回避したはずなのに!!」

そう、「悪役」として異母妹シャーロットを陥れて、命を落とす運命からは逃れたはずだ。

本来、カノン・エッカルトは異母妹のシャーロットを虐めて処刑される運命だった。

荒唐無稽な話だが、カノンには前世の記憶がある。

そういう「シナリオ」が用意された「キャラクター」だったのだ。

死ぬ前は日本という異世界で暮らしていて、その時にプレイしたゲームとこの世界があまりにそっくりな事実に衝撃を受けたのが、十歳の頃。七つの大罪を背負ったキャラクターたちが暮らす世界で、その業をヒロインが癒さない限り国が滅んでしまうという物騒なゲームだった。

その悪役として転生する……それは、『ヒロイン』シャーロットを妬んで、彼女を陥れる様々な計画を立てる悪役の『カノン』としての人生の始まりでもあった。

愛される妹、愛されない姉のカノン。実の父にも、婚約者のオスカーにも無碍に扱われ、裏切られた十八歳の誕生日の日。

どうしようもない運命から逃れたくて家を出て王宮の図書館に出仕し、紆余曲折あって、妹との関係にもけりをつけ……、破滅する運命を回避したと思っていたのに。

「回避？　何をわけのわからないことを言っているんです、君は――」

冷たい声の主がカノンの側に寄ってきて、囁く。こんなに近くにいるのに声の主の顔は見えない。それなのに、彼が、ひどく不快げな表情をしているのはわかる……。

さらりと肩から滑り落ちた彼の髪の毛は柔らかな白。衣服も白。

服装から、神官職だとわかる。

「カノン・エッカルト。君は私の女神を、シャーロットを殺そうとしたのですよ。その罰を受けなくては」

彼の声に釣られてカノンが顔を上げると、視線の先に、貴賓席が見えた。

そして、貴賓席の真ん中に陣取ってこちらを見ている美しい少女と目が合う。

間違いない、異母妹のシャーロットだ。

今の時代、トゥーラン皇国では断頭台での処刑は廃止されているはずだ。そして前時代的に群衆が処刑を鑑賞するなどという悪しき慣習もないのに。

「どのような罪で私を裁くというのです！」

カノンの抗議に、神官は笑った。

「禁書を使ってシャーロットを呪ったでしょう？　書庫に籠ってそのような悪事を働いていたとは、呆れるばかり。あなたのせいでシャーロットは三日三晩、熱にうなされることになった。可哀そうに……」

「そんなことは、していない……！　濡れ衣だわっ」

それに、三日三晩熱にうなされたくらい、なんだというのだろう。どうせ、父も義弟もシャーロットにつきっきりで、暖かな部屋と柔らかなベッドで寝ていただけに違いない。

カノンが以前体調を崩した時は、十日余り熱に苦しんで……けれど、薬とわずかな食事以外は何も与えられなかったというのに……。

カノンの抗議はあっさりと切り捨てられた。

「あなたの言い訳は聞いていません、――シャーロット、女神の言葉がすべて真実です」

神官の口調は、この場の殺伐とした空気とは正反対に甘く優しく耳朶を打った。

「毒を盛ったことが事実でも、どうして私が処刑されるの？　おかしいわ」

「仕方がないでしょう？　シャーロットは皇妃になるのです。皇族に危害を加えた者は、死罪と決まっている」

「皇妃？」

カノンは呆然と呟いて再び視線を上げた。

……観衆の殺せ！　という声の向こう、シャーロット……、カノンの異母妹は怯えたように口元を覆いながら、その手の影では、うっすらと笑みを浮かべていた。

春の女神のように愛らしい、ストロベリー・ブロンドの髪をした妹が、可憐で優しい微笑みの下に、カノンを虐げて喜ぶ本性を隠しているのは知っている。そのことには今更驚かない。

ショックを受けたのは妹にではない。妹が寄りかかるようにして隣に座る男性の姿だった。

「ルカ様！　ルーカス様！　なぜあなたがそこにいるのです――どうしてっ」

カノンが叫ぶと、男はけだるげにカノンを見返した。

血の色をした瞳に、珍しい鈍い銀灰色の髪が影を落とす。

彼の名前は、ルーカス。トゥーラン皇国の若き皇帝だった。

祖父亡き後、若くして皇位に就きその魔力で他を圧倒して揺るぎない地位にいる独裁者。

そして、カノンに仮の恋人の地位を与えて、伯爵家の外れ者という立場から救い出してくれた恩人でもある。

普段の彼は傲慢で冷徹ではあるが——カノンに対してはおおむね、優しい。間違ってもこんな風に冷たく見下ろす人ではない、それなのに。

「俺を愛称で呼ぶとはたいした度胸だな。おまえにそのようなことを許したことはないが」

「……ルカ様が、そう呼べと私におっしゃったではないですか」

ルーカス様では味気ないと面白そうに微笑んでくれたはずの表情は今は硬く、暗い。

「彼らを止めてください。ルカ様、助けてください！　契約とはいえ、私は——あなたの恋人ではないですか？」

カノンの言葉に皇帝は肩を竦め同調するようにシャーロットがルーカスに寄りかかった。

「可哀そうなお姉さま。きっと恐怖で錯乱しているのですわ……」

ルーカスの無骨な指が、シャーロットの頬を撫でる。

どうしてだか、カノンの胸が、キリリと痛んだ。

「こんなのは、嘘よ。私は運命から逃れたはず、それなのに——」

「動くな」

黒髪の少年が、再びカノンを背後から押さえつける。

「──おまえさえいなければ、姉さんは死なずに済んだのに……」

恨みがましい言葉の真意を尋ねる猶予さえカノンには与えられなかった。

目の前のルーカスは玉座に座り、冷たく言い放つ──。

「身のほどをわきまえろ。カノン・エッカルト。伯爵家の私生児よ」

「……私生児？　どういうことですか」

それ以上の問いは許されず、カノンは乱暴に猿轡を噛まされた。断頭台に頭を押し付けられ、両手に枷がはめられる。

カノンの耳元で先ほどの甘い声が囁いた。

「──真実なんてね、どうだっていいんですよ。カノン・エッカルト。私の願いはあなたという小石を、シャーロットの歩く道から除くことだけ。諦めなさい、カノン。あなたは運が悪かったのですよ。彼女の『邪魔もの』として生まれてしまったのだから……」

男が、後方に合図を送るのがわかった。

カノンはようやく、この神官の正体に思い当たっていた。

シャーロットに心酔する、聖職者。心優しい顔をした、悪魔……。

彼の、名前は……。

「やれ」

宣告が、無慈悲に下る。

「――っ!!　!　――んうううううう!!」

カノンのくぐもった叫びに同情の声すらなく、広場に集まった群衆が熱狂するのがわかる。

押し付けてくる手をはねのけようとするが、重くてびくともしない……。

処刑人の斧(おの)がギロチンの刃を支えていた縄に振り下ろされ、ぶちりと嫌な音を合図にして、ギロチンが落ちてくる。

カノンは真っ暗な地面を見つめながら、絶叫した。

「いっやあああああああ――!」

「ふっにゃああああああ――!」

カノンが迫りくるギロチンに絶叫して飛び起きたのと同時に、カノンのベッドの上を占拠していたもふもふの毛玉が情けない声をあげた。

「ゆ、ゆめ?」

トゥーラン皇国の首都、ルメクの中心にある皇宮の一画に与えられた豪奢(ごうしゃ)な私室でカノン・エッカルトは、ぜえはあと息を整えた。

夜着の胸元を押さえて息を整えていると、視界の端で白い毛玉がもふもふと体を動かした。

真っ白な、ふわふわとした毛並みの猫だ。

名前をジェジェと言い、皇太后の庇護を得て皇宮を好き勝手に闊歩している聖獣でもある。

「び、びっくりしたよぉ！　叫んで飛び起きるなんて、どうしたの、カノン――」

「ジェジェ……！　びっくりしたのはこっちよ。どうして私の部屋にいたの？」

「カノンがいつまで経っても起きないからさあ。起こしに来てあげたんだ！　でもなかなか起きないもんだから、僕も一緒に眠ってあげたんだよ。どうしてうなされていたの？」

ちょいちょい、とジェジェの肉球がカノンの額をつつく。

「そ、そうなの？　……ありがとう、ジェジェ」

どうやら、カノンのベッドの上で惰眠をむさぼっていて、カノンが跳ね起きた衝撃でベッドから転がり落ちたらしい。うなされていたのに気づいたなら起こしてほしかった。

そもそもジェジェが胸の上に乗っていたおかげで悪夢を見たのでは、と思ったがベッドに再び飛び乗ってごろんと腹を見せる姿を見ると責めるのも可哀そうになってカノンは苦笑した。

「そろそろ起きなきゃだよ、カノン！　今日は式典でしょう？　おめかししなきゃ！」

ジェジェは姿かたちも愛らしいが、生意気な口調で喋ると、その愛らしさは倍増だ。

皇宮の厨房にも出入りし、厨房長から毒見と称して料理を味見させてもらっているせいで最近少しふくよかになった気がするジェジェをカノンは抱き上げた。

今日はカノンにとって特別な日だ。役目を果たさなければ。

パージル伯爵家をほぼ出奔するような形で後にして、皇族の傍系だった亡き母の伝手を頼り、皇宮図書館に勤め始めて一年弱。皇帝ルーカスから恋人のふりをする契約を持ちかけられ、それに応じてからも、時が経った。

　隣国からの賓客をもてなすための仮初の恋人契約だったはずがお役御免になってからもなぜかまだカノンはルーカスの「恋人」として皇宮に留まっている。ルーカス曰く、カノンに興味があるからだと言うが、面白がられているだけのような気がしてならない。

　カノンは悪夢を思い返した。今は婚約者のオスカーと共に皇都を去った異母妹、シャーロットがルーカスと並んだ姿が脳裏に浮かぶ。絶世の、と形容される異母妹はルーカスの隣に座ると、嫌になるほど絵になった。

　カノンだって着飾ればそれなりだろうが、二十代で皇国すべてを掌握する威風堂々とした若き皇帝の隣に立つとなると、どうしても見劣りするのは否めない。

　二人が「恋人」だという現状に納得していない貴族は多い。古い伯爵家の長女といえど父親と不仲で社交界に出たことがなかったカノンは「問題がある娘」だと思われていたし、今でも二人は釣り合わない恋人同士に見えるのだろう。

　カノンの母親のイレーネが皇族の傍系で皇太后ダフィネの庇護を受けた娘だったから、ルーカスはカノンを特別視しているのだという理由も寵愛の根拠としては、弱い。

「陛下が同族の娘に同情しただけ。すぐに飽きるだろう」

というのがおおむねの見方でカノンもそれに反論はない。そもそも、皇宮図書館の館長職に就くために承諾(しょうだく)した「恋人契約」なのだし、契約はいずれ解消される。だが、皇帝から図書館の館長職に任じられた以上、その責務を果たさなければならない。

今日はその一歩だ。悪夢に惑わされて責務を中途半端にするわけにはいかない。

カノンはジェジェをぎゅっと抱きしめた。

責務を果たしたい、と思う一方で、夢の中身を思い出して、ゾッとする。カノンを断頭台へと導いて無慈悲に処刑を命じた人物を、徐々に思い出していた。

あれはきっと、攻略対象の一人だ。天使のように優しげな声で柔らかに笑う聖職者。しかし彼が信奉しているのはこの国の神ではなくゲーム世界のヒロイン、シャーロットだ。

あれは信奉というより狂信に近かった。彼が関わった場合、敵であるカノンはなぜかいつも処刑されるのだ。確か、彼の名前は……。

そこまで考えてカノンは首を振った。

「あれは——もう私には関係ない光景だわ」

シャーロットはもう皇都にはいない。

カノンもパージル伯爵家を出て無関係になった。破滅の運命からは逃れたのだ。

「忘れよう、ただの悪夢よ」

そう、ただの夢だ。

呟きをため息とともに床に落として顔を上げ、カノンは朝の支度を始めることにした。

# ★第一章　真白き聖職者

「もう、すっかり秋ね」

身支度を整えて、カノンは窓辺に近づくとガラス越しに皇宮の庭に広がる外の紅葉に目を細めた。目線を少し遠くにやれば、皇宮の正門から大聖堂へと続く大きな道の両脇(わき)に整然と植えられた木々の葉は黄色と赤に染まり始めている。

トゥーラン皇国には四季がある。ゲーム世界だから日本に合わせたのかもしれないが、数か月ごとに季節が変わるのはやはりカノンの気にいるところだった。

「秋らしく、伯爵のお召し物も華やかでございますね」

「今日の式典は伯爵が主役なのですからもっと華やかでもよかったのでは？」

身支度を侍女たちに整えてもらい外に出ると侍女たちが口々に褒めそやす。

「いつもありがとう――本当にあなたたちは腕のいい侍女だわ。ずっと側(そば)にいてね？」

「もちろんですとも！」

侍女たちと軽口を交わしながら、カノンは立ち上がり鏡の中の自分に微笑(ほほえ)みかける。己の翠(みどり)の瞳(ひとみ)と見つめ合う。我ながらなかなかにいい出来ばえだった。――現在、カノンに仕える侍女たちは三か月ほど前に採用した娘たちばかりだが……皆、本当に腕がいい。

自分で化粧をする三倍は血色がよく、きつめの視線は柔らかく見える。

ドレスは瞳の色よりも抑え目なモスグリーン。首元から手首まできっちりと覆われたベロア生地に同系色の、しかしながらやや明るい色の糸で刺繍が施されてある。

落ち着いた装いだが、目の肥えた貴族たちにもその刺繍が熟練の職人の手によるものだとわかるだろう。皇帝よりその寵とともに、皇族所縁の名誉爵位――シャント伯爵位と皇宮図書館の館長職を授かった幸運な娘。皇族の傍系であったイレーネ・ディ・シャントを母に持つカノン・エッカルト。気まぐれな皇帝の寵愛が続いているのを貴族たちは確信して……くれるといいな、とカノンは笑顔の裏で思った。

なにせ、カノンが皇帝ルーカスの恋人だというのは単なる契約なのだ。

独身の彼を心配して誰かと縁づかせようと苦心するルーカスの祖母である皇太后ダフィネからの風除けとして彼に雇われている以上、二人の関係が偽りだとばれては色々と不都合がある。

「姫君、本日はおめでとうございます」

扉の外に出ると、騎士が頭を下げた。

ラウルという名の、ルーカスの部下で性別不明の人物だ。

カノンが皇宮の水晶宮に居を移した当初は侍女としてカノンの世話をしてくれていたが、数人の侍女が宮に勤めるようになってからは護衛騎士として側にいてくれる。

「いつも以上にお美しくていらっしゃいます。お髪も素敵です」

「ふふ、そうかな。ありがとうラウル」

いつもは背中に流している黒髪を結い上げて銀色の糸を縒り合わせたネットで押さえ込み、緑のガラスで作った花模様の飾りを散らしている。

以前日本にいる時に絵画の中で貴族の令嬢がしていた髪型を思い出して真似しただけなのだが、これは貴族の令嬢たちにもなかなか好評だった。

髪にただ櫛飾りを刺すより、ずっと自由に髪飾りを飾れるし、一つの髪飾りでもアレンジ次第で別のもののように見せることもできる。

シャント伯爵風、と名がついたとラウルからなぜか得意げに報告を受けて自分が考えたんじゃないんだけど、と苦笑すると同時に嬉しい気もする。

純粋な笑顔で褒められると嬉しい。皇帝が恋人として突如連れてきた伯爵家の「捨てられた長女」も、いまではだいぶ皇宮に馴染んだ気がする。

廊下から聞こえてきた足音にカノンが顔を上げると、反対にラウルは頭を垂れた。

「姫君を最初に褒めるのは、俺の役目かと思ったが、ラウルに先を越されたな」

「ルカ様」

カノンは白を基調とした軍服姿で現れた青年を見上げた。

光を抑えた珍しい銀の髪は大勢を引き連れていても目立つ。

トゥーラン皇国の若き皇帝、ルーカスだった。

紅い瞳が悪夢での彼とは違って悪戯っぽい笑みをたたえていることにカノンは安堵する。

「いつも言っている。姫君は美しい。それに、仕事を完遂する」

台詞の後半に、カノンは口元をほころばせた。

ルーカスとカノンが恋人というのは「契約」だから皇帝はいわば雇い主のようなものだ。

装いを褒められたこと以上に、仕事ぶりへの高評価が嬉しい。

ルーカスが己の背後にいた眼鏡の騎士、シュート卿に合図をすると彼は若い騎士に何やら指示し、皇帝に付き従っていた十人ほどの騎士たちは、踵を返した。

皇帝の護衛は、ここより先はシュート卿のみが従う、ということだろう。

ルーカスは身辺にあまり多くの人間を置きたがらない。一部で「人嫌い」と噂される所以だが、若き皇帝の護衛は大抵、五人以下。いくらルーカスが魔法士として有能で剣術に長けているのだとしても些か少なすぎるのでは？　と疑問に思わないでもないが本人曰く、

「俺より弱い護衛を何人置いても無駄だろう」

とのことで、剣ではルーカスより勝るシュート卿だけが常に側にいることを許されている。

手を差し出すと、彼は慣れた手つきで受け取ってカノンを誘導してくれる。

「褒め言葉はいくらいただいても嬉しいものですよ、ルカ様」

「それは、式典の時に楽しみにしておけ。寝ずに考えた美辞麗句を披露してやる」

カノンがくすくす笑うと、ルーカスはカノンの右手に手袋越しに口づけた。

「さて、式典に向かおうか、館長殿」

はい、とカノンは少しばかり胸を張る。

「素敵な図書館になりましたから！　ルカ様にお見せするのを楽しみにしていました」

用意されていた馬車に乗り込んで向かうのはカノンがここ数か月、心血を注いでいた図書館の開館行事だ。

――冷遇されていた実家、パージル伯爵家を家出同然で出たカノンが皇宮で手に入れたのは皇宮図書館の館長職と、予算だ。

ルーカスが好きに使え、と振り分けてくれた予算で、カノンはまず児童図書館をつくることにした。首都ルメクには東西南北及び中央区と五つの区画があり、その中央区には皇宮直轄の孤児院がある。

カノンはその孤児院に併設されている建物を改築して児童図書館にすることにした。

平民の子供はもちろん、孤児院に暮らす子供たちも図書館を利用し、学べるようになっている。

印刷技術が普及し始めという段階のこの国において書籍はまだまだ高価だし、子供向けの本はまだそう多くない。幼年時代から本を読む習慣と時間があるのは貴族層くらいのものだ。

――なので新規で書籍を購入するのと並行して、カノンは慣れない社交界に頻繁に顔を出し、ことあるごとにアピールしてみた。

「児童図書館に、どんな本を置けばいいのかわからなくて。慈悲深い皆様にお気に入りの本を教えていただきたいのです」

皇帝の恋人という立場は効果抜群で、みな我先にと争って寄付をしてくれた。

地位を利用するのはずるい気もするけれど、予算は潤沢にあるとはいえ有効に使いたい。本を置くとなれば本棚もいるし、陽光が燦々と降り注ぐ窓は位置を変えねばならないし、運営する人間を手配せねばならないし作るまで、よりも作ってから、の方が大変なのは想定はしていたが、想定以上だったというのが正直なところだ。

皇宮図書館の前館長であるゾーイとも相談しつつなんとか開館を半月後に控えた頃、トゥーラン皇国の神殿から思わぬ通達があった。

子供たち、とくに孤児たちへのシャント伯爵の献身と慈悲深さを、神殿は評価し――なんと開館を記念してささやかな式典を開いてくれる、というのである。

「神殿が私の働きを評価してくれるとは、なんて恐れ多いことでしょう！」

とありがたく喜んでみせて今日はその式典に参加する、のだが。

馬車に揺られつつ、カノンは向かいに座るルーカスを見上げた。

「どうした？　カノン・エッカルト」

「いえ、まさか神殿の式典にルカ様が参加するなんて」

「意外か？」

「正直に申し上げると、そうですね」

ルーカスは面白そうに首を傾げた。

若い皇帝は表向き、無宗教ではない。

そもそも、トゥーラン の国教は、トゥーラン皇国の第三代の皇帝、通称「雷帝」が古くから大陸にあった多神教のうち、太陽神のみを神と定め教義をまとめたのが始まりだ。

神殿の創始者は雷帝と言ってもいい。

神殿の長、大神官は表向きには皇帝の一の臣下とされているが、皇帝に対して直接意見を許されるし、皇国にあるいくつかの神殿の直轄領には皇国の法が及ばない。さらに皇帝は神殿の長である大神官を処罰することができず、さらに基本的には法律で処罰できない皇族に何か制限を及ぼすには大神官の決定が必要になる。

歴代の皇帝たちは神殿を煙たがりつつも敬っている。ルーカスもその例に漏れず神殿関係者を蔑ろにすることはないし、一定の敬意は払っているように見える。

だが即位の際に己ではなく先帝の庶子である叔父を推していた現在の神殿上層部と折り合いが悪いのは——公然の秘密といったところだろう。

「今回、姫君は俺を呼び寄せるための、最適な餌だな」

「餌」

もっとましないい方はないのかと半ば呆れながら繰り返すと、ルーカスは窓の外を眺めながら腕組みをした。

「神殿の祭典に俺が代理ばかり送るから顔を出せとの遠回しな苦言だろう。ほいほいと神殿の行事に参加するのは面倒だが、姫君の晴れの舞台に一人で行かせるのも気が進まない」

神殿は皇帝を小さいとはいえ式典に引きずり出すことに成功し、皇帝は皇帝で神殿への義理は果たしつつも、恋人の晴れ舞台のエスコート、という形を取ることができる。

なんとも貴族的な、迂遠なやりとりだった。

「聖官選挙も近いし、今日は聖官のくだらん挨拶を聞かねばならん。欠員の候補者も来るらしいが……」

神殿の長は大神官。その下には十三名から成る聖官と呼ばれる人々がいる。三か月前、聖官の一人が急病で亡くなった。その欠員を神殿内の選挙で決めるらしいが今日の式典には、聖官候補が一人、参加するらしい。

「二人いる候補のうち、今日会う男について……俺の承認が欲しいというところだろうな。姫君は、なぜ聖官の数が十三人か、知っているか？」

「それくらいなら、私でも知っています」

太陽神は世界を作り、子供たちも己の手から生み出した。――十三人の子供たちは太陽神から与えられた能力を使い、トゥーランの人々の暮らしを助けた。それぞれ所縁のある土地で神ではなく「聖人」として尊敬を集めている。

聖人の数と同じ十三はトゥーランでは聖なる数字だ。だから聖官の数も十三人。

「半分正解で、半分不正解だな」

ルーカスが面白そうに窓の外を眺めながら独り言のように呟く。

「聖官が協議で決めたことを大神官は皇宮に通達し行使させる。だから、聖官は常に、奇数でなければならない。いかなる時も妥協なく結論を出すためにな。神殿の決定に皇帝は表立っては反論できない。そういうわけで聖官選挙で選ばれる人間には俺も無関心ではいられない、ということだ」

「私は、神殿とルカ様が遠回しに会話をするための装置ですか?」

口を尖らせると、ルーカスが「なかなかうまい喩えだ」と悪気なく感心するので、カノンはますます拗ねた。正直なのは美徳かもしれないが、今日の式典は、カノンの夢見がちな野望の大事な一歩なのだ。ちゃんと祝福してほしい気が……、する。

眉間に皺が寄ったのをルーカスが軽くつつく。

「今日を楽しみにしていたのは本当だぞ、姫君」

「疑わしいですね……」

「俺の言葉をすぐに疑うのを、いい加減やめろ。……ま、俺が式典を開くべきだったという反省はあるが――目敏い神殿に先を越された」

珍しくルーカスが素直に残念がっているので、カノンはひとまず溜飲を下げる。

「今日は中央区の図書館だけですから。全区画の児童図書館が完成したら褒めてください」

「わかった。――それにしても今日は浮かない顔だな？　せっかくの晴れの日だろうに」

「夢見が悪かっただけです、緊張して……顔色がまだ悪いですか？」

「安心しろ、いつもと同じで美しい」

さらりと、美しいとか、褒めないでほしい。

不意打ちにはまだ慣れないのだ。カノンは思わず咳払いをして、その様子をルーカスが楽しそうに眺めた。……どう考えても面白がられている。

二人の様子を、微笑ましそうに眺めていたシュートが口を開く。

「そうですとも、伯爵！　陛下は今日を大変楽しみにしていらっしゃいましたよ。いつもはサボっておられる書類仕事も真面目にこなされ……へぶっ」

ルーカスの隣に座っていたシュート卿の台詞は途中で遮られた。

「だ、大丈夫ですか！　シュート卿」

脇腹にルーカスの肘が入ったようだが、カノンには速すぎて見えなかった。

うう、とシュートが呻いた。見慣れたやりとりにカノンの緊張も解れてくる。

「シュート卿からもたくさんの本を寄贈いただいて、ありがとうございました」

名門貴族出身のシュートは惜しげもなく、多くの本を寄贈してくれた。

「我が家は代々文官なので、書籍はたくさんあります。――父母が集めた子供向けの本がたくさんありまして。そういえば昔は陛下にも私がよく読み聞かせを……ぐはっ」

「余計なことは言わずに口を閉じていろ、シュート」

「……御意」

しょんぼりとしたシュートについつい笑ってしまう。

それなりに長く付き合う間に、彼らの仲がずいぶん気安いこともわかってきた。

子供の頃から付き従っているというシュートは、ルーカスにとってはある意味、兄のようなものだろう。

「ルカ様とシュート卿が一緒にお出かけして、政務は大丈夫ですか？」

カノンの質問に、シュートは満面の笑みで頷いた。

「伯爵のおかげでキリアンが復帰してくれましたので。――私の政務は減りました」

キリアン卿はルーカスの配下の一人、人狼族の青年だ。

神殿で働いていたが半年ほど前に彼が絡んだちょっとした事件にカノンが関わったことをきっかけに近衛騎士団に戻っている。

過去の怪我の後遺症で剣を振るう機会は少ないようだが、事務方として重宝されている。

「陛下が一番お喜びでしょう、なにせキリアンは我が君のお気に入りですから」

「お前よりかはな」

「またそういう、可愛くないことをおっしゃる」

「可愛くてたまるか。気色の悪いことを言うな」

たまらずにカノンがくすくすと笑ったところで、馬車が停まった。

ルーカスが外に出て、手を差し出す。

「行こうか、姫君」

「はい、陛下」

先着していた近衛騎士に先導され、三人は孤児院の庭に着いた。

白い服を着た壮年の神官がルーカスの姿に大げさに喜びを表して、手を広げる。

ロマンスグレーとでも形容すればいいのか、白髪の交じった髪を丁寧に後ろに撫でつけた品のいい四十半ばの男性だ。

笑うと目じりが下がり、優し気な印象になる。

「帝国の太陽にお会いでき、望外の喜びでございます。そしてシャント伯爵にもお初にお目にかかります。中央教区を預かっております。ポディムと申します」

ルーカスに促されてカノンが答えた。

「ポディム聖官、今日はありがとう」

「子供たちのための施設を設立されるとは――伯爵のお優しい御心には感服いたします」

「我が神は知を尊びます。帝国の未来を担う子供たちに、学びの場を些少でも提供できるのならばこれに勝る喜びはありませんわ」

云々。

カノンは一通り神殿関係者から美辞麗句を浴び終える。

式典と言ってもポディム経由で、神殿から勲章を受け取るだけだ。

ありがたい薫陶を聞き、祭壇の前で跪いて、勲章を受け取る。

集まった貴族たちから称賛の拍手を受け取りカノンは冷や汗をかきながらそれに応えた。

父との不仲が影響して、パージル伯爵家の長女だった時代は社交界にはほとんど顔を出したことはない。今はルーカスの恋人として顔を出しているせいで貴族の面々から向けられるのは笑顔ばかり。その真偽を見分けるのは、まだ難しい。

カノンが笑顔を貼りつけて固まっていると、ポディムの背後に控えていた女性が小さな影を促し、何やら可愛らしい声が聞こえてきた。

「皇帝陛下、シャント伯爵様、図書館をつくってくださって、ありがとうございます」

「僕たち、たくさん勉強をします」

孤児たちの代表だという二人の子供たちに花輪をもらってカノンは微笑む。

嘘のない笑顔は、カノンの緊張も解した。

「ええ！　また読みたい本があったら教えてね」

子供たちは顔を見合わせてコクン、と頷く。可愛らしさにカノンは目を細めた。

姉弟なのか、よく似た面差しの美しい子供たちだ。弟は珍しい紫色の目をしていて美しい容姿を引き立てている。

人見知りするのか、カノンと目が合うとはにかむように視線を逸らして姉の後ろに隠れた。

二人は役目を終えると、安堵した様子でぱたぱたと小走りで人の群れに戻った。小動物のようで可愛らしい。

あとはもう、招かれた賓客たちと庭で軽い会食をすれば終わりだ。心から安堵しながら再びにこやかに近づいてきたポディムとの会話をルーカスたちに譲って、そっと後ろに下がり、少し離れたところにいる子供たちの一団に目をやった。

先ほどの姉弟を含めて、たぶん、五歳くらいから十歳の前半くらいまでの子供たちが二十人ばかりいる。

児童図書館は、皇宮直轄の孤児院に併設されている。あそこにいる彼らは身寄りがないか、何らかの事情で養育を放棄された者たちばかりだ。ここぞとばかりに妙にサイズの合っていない服を着せられて、そわそわと大人たちの表情を窺っている。

自分の家に知らない大人が土足で踏み込んできて、楽しそうに会話をしているのだ。

不安にもなるだろう。

――福祉に熱心な皇帝の恋人。

そのイメージづくりに子供たちを利用したので、良心がとがめる。

「子供たちを利用して好感度を上げるなんて、貴族らしい嫌なやり口……だなんて思っていませんか？」

背後からいきなり思っていたことを口にされて、カノンがぎょっとして振り返れば、見慣れた顔がある。

「レヴィ！　レヴィナス！　驚かせないで」

背後に何食わぬ顔をしていたのは、カノンの義弟でパージル伯爵家のレヴィナスだった。

正装をして、髪を後ろに綺麗(きれい)に撫でつけて額を出しているせいか、普段より大人びて見える。

「お声をおかけしましたよ、ちゃんと。義姉上が気づかなかっただけです。何をそんなに思いつめた顔をしていたんです？」

「そんな表情をしていたかしら？」

「ええ。子供たちを眺めながら、顔に罪悪感、って書いてありました。こんなおめでたい日に暗い顔は似合いません、義姉上。はい、喉(のど)が渇きませんか？」

「……ちょうど取りに行こうと思っていたところよ、ありがとう」

レヴィナスからグラスを受け取り、カノンは喉を潤した。

幾分、緊張が取れた気がする。

父であるパージル伯爵グレアムは現在体調不良との名目で領地の外れにある療養地に自ら籠(こも)っている。その間、伯爵領の経営はほとんどこの義弟が取り仕切っている。

大学でも優秀な学生なのは知っていたが、机上だけでなく、実務でも彼は有能だったようだ。

「またウダウダと考えていたんですか？　子供たちに悪いなあとかなんとか」

「少しだけ、ね。孤児院と児童図書館を併設するのは悪くない案だけど。図書館は他の子供たちも利用するでしょう？　もちろん、親子連れで。あの子たちが――仲のいい親子を目の当たりにするのは……辛くないかな、とか」

レヴィナスは器用に片眼を瞑って見せた。

「両親を亡くしたことがある僕が断言しますけど、そんなことで傷ついていたら、この国では生きていけませんよ。それに皇帝の恋人が支援する施設が子供たちの住居のすぐ側にあるんです。彼らにとって、こんなに心強いことはないでしょう？」

「そうかな」

「義姉上は図書館を増やしたいという希望に彼らを利用しているかもしれませんが、彼らにも同じだけ利用されてあげたらいいと思います。――孤児院には血縁の後ろ盾がないだけで、もっと勉強をしたいという子供たちがいるかもしれません。彼らの世界を広げる足がかりになってあげてはいかがです？」

「それはそうね」

「お互いにとって利があること。これが円満な関係をつくる基本です」

レヴィナスも「ゲームの世界」では攻略対象で、かつ、自身でも何かと投資をしたり、というキャラだった。

人間関係と言うよりもビジネスの基本を教えてもらっているようで、なんだかおかしい。

レヴィナスは笑顔で続けた。

「義姉上の図書館事業がうまくいけば、本を読む人口も増えるでしょう。僕たちの会社も軌道に乗りますし。不肖(ふしょう)の義弟は協力を惜しみませんよ」

「お世話になります、社長殿」

ゲームの中でも、レヴィナスは大学の仲間たちと会社を立ち上げていた。

バッド・エンドになると隣国からの密輸品を輸送する業者になるが、正規ルートでは商会の長としてものし上がっていく。

そこでカノンは義弟の商才に目をつけて、とある依頼をしてみたのだ。

「書籍専門の、印刷会社をつくってみないか」

と。

トゥーランにある印刷会社のほとんどが一枚物のビラや新聞を主に刷る会社だ。

本は一冊いっさつ丁寧に作られることが多いし決まった規格というものがあまりなく。作り手のこだわりが前面に出る。それはそれで楽しいものだが、読み手が手に入れるにはどうにも高くなりすぎるのだ。

初期投資もかかるが――カノンは、印刷会社を作ってもらう代わりに、出資者になることにした。シャント伯爵は皇族に与えられる名誉爵位だが、年金も支給される。

しかし皇帝の恋人という立場にあるカノンの衣食住はすべてルーカスの財布から落ちているからシャント伯爵の財産は全く目減りしない……。

――使う予定のない金を、ただ遊ばせておくのは、もったいない。

カノンはほぼ全財産をレヴィナスに預けて印刷会社を設立し、皇宮の権威をフル稼働させてもらい製本職人や、印刷の技術者を集めた。

「義姉上の提案で作成した聖書の簡易版が売れて、僕も懐が温かいです」

レヴィナスの商才は疑っていなかったのでカノンにしては勝率の高い投資だったが、レヴィナスとしては全面的に信頼されたことが嬉しかったらしい。

著作権の問題がない聖書や古典などの本を同じ規格、似た装丁で整えて売る。本を好む中流階級にも、インテリアとしても好評だった。

利益が出たぶんはいつか、ルーカスに還せたらいいなというのも密かな野望ではある。

「それはよかったわ。もっと大量に刷って価格を下げられたらいいんだけどなあ。図鑑とか、薬草の全集とか中流階級に需要がありそうな気がしているんだけど」

「それはいい考えですね。また企画を練ってみましょう。――紙は大量に購入するからよしとして、やはり印刷のコストがかかりますからね」

「本を監修してくれる人の手配もね」

ま、それはおいおい、とレヴィナスは笑った。

「義姉上は図書館の業務も立派に勤めていらっしゃるではないですか。陛下の恋人ともあろうお方が式典で、そんなに自信なさそうなお顔をしてはいけませんよ」

「そうね。それに……次期パージル伯爵の義姉としても堂々としているべきかな?」

「僕としては、そちらの方を重んじていただきたいかも」

「不敬ね!」

「内緒にしてくださいね、義姉上。そして可愛い義弟が陛下のご不興を買ったら、どうか庇(かば)ってください」

「考えておくわ」

カノンが喉を鳴らして笑っていると、軽やかな足音と共に華やかな美女がこちらへ歩み寄ってきた。

「本日はおめでとうございます、シャント伯爵」

「ミアシャ」

笑顔で近づいてきたのは、皇太后の侍女にして皇帝ルーカスの花嫁候補筆頭、ラオ侯爵家のミアシャだった。赤毛に青い目の美女は目を細めた。

「義弟君と仲が良くて羨(うらや)ましいわ。……お初にお目にかかります。ラオ家のミアシャですわ」

「お会いできて光栄です、ご令嬢」

レヴィナスとミアシャが挨拶を交わし合う。ミアシャは周囲に他人がいないのを確認すると、ニヤリと令嬢らしくない笑みを浮かべた。

「あまり義弟君と仲良くされると、陛下のご不興を買いますわよ？」

ミアシャは皇太后の代理で来たらしく、ダフィネからの祝いで百冊ばかりの本を追贈してくれた。皇太后ダフィネはカノンの母、イレーネの後見人だった関係で、カノンに親しくしてくれる。

「皇太后様も本当は駆けつけたかったみたい。けれど陛下と皇太后様お二人とも参加とあっては物々しくなるでしょう？　陛下に譲るってぼやいていらしたわ」

残念がる姿が目に浮かぶようでカノンは微笑んだ。孫のように可愛がってくれるダフィネには感謝しかない。

「代理は私だけではないわ」

ミアシャが扇子で、何やら人だかりができている一画を示す。

白いもふもふ……猫が子供たちに囲まれて楽し気な鳴き声をあげている。

「ジエジエ！　皇宮を出る時にいないと思ったら！」

どうやら、ジエジエはミアシャと一緒に児童図書館に来ていたらしい。

「ジエジエ様も今日はダフィネ皇太后様の代理なのよ」

ジエジエは、ダフィネ皇太后の愛猫（あいびょう）である……、と同時に、実は霊獣でもあるらしいので、準皇族扱いらしい。

「こら、子供たち僕で遊ぶんじゃない！　僕は偉くて可愛い御猫様なんだからねー」

「猫ちゃんが、大きくなった！　もふもふだあ」

「ふかふかあ」

己の大きさを変えられるジェジェは馬よりも大きな姿になって、式典会場の床にごろにゃんと転がった。子供たちが歓声をあげて飛びつき、じゃれている。心温まる光景ではあるのだが、神殿関係者たちは、その姿をやきもきと眺めている。

「こらっ！　子供たちっ！　れ、霊獣様になんとご無礼なことを……！」

「しかし霊獣様はお喜びのようだぞ……」

神殿関係者の様子からするとどうやらジェジェが霊獣として神殿で崇拝されているのは真実のようだ。

「それはそうと、カノン様。今日はおめでとう。子供向けの図書館なんて初めて来たけれど、素敵ね。調度品も落ち着くものばかり」

「ありがとう、ミアシャ様。私は調度品には疎いので、ゾーイ副館長に助言をもらいました」

ゾーイは子爵夫人で皇宮図書館の元館長だ。

カノンのせいで現在は副館長に降格になってしまったのだが、本人は「出勤日が減ってよかったです」とのほほんとしている。

権力争いに興味のない、お気楽貴族のようでいてなかなか抜け目ない面もある。ルーカスとも何やら古い付き合いらしい。

「ゾーイ子爵は商会にも顔が広いものね。——だけど本当に素敵な空間ね。通い詰めてしまおうかしら」

ミアシャにも飲み物を取ってきたレヴィナスが、彼女の発言に苦笑した。

「蔵書はすばらしいですが子供向けばかりですよ？　物足りないかもしれません」

「私にはちょうどいいわ。文字を読むのは苦手なの。子供向けの本ならわかりやすいし、絵がたくさんあるから好き。歴史の本もあるのね。学び直すいい機会になるかもしれないわ」

率直な物言いにレヴィナスが驚く。その反応には気づかないふりでミアシャは続けた。

「パージル伯爵代理は大学生でいらっしゃるとか。今度、お薦めの本を教えてくださる？」

「それは、喜んで」

貴族令嬢があけすけに本を読むのは苦手、と打ち明けたのが意外に感じたのだろう。

この数か月で多少、ミアシャの人となりを知ったカノンにはそうでもないが。

侯爵令嬢ミアシャ・ラオは我儘（わがまま）で高慢ではあるが、慣れると意地悪な人ではない。

本や刺繍は苦手で、趣味は乗馬と狩り。歌とダンスの名手で、茶を淹（い）れるのは得意。

侍女たちの噂では少女の頃は剣術の稽古（けいこ）にもいそしんでいたらしい。その美貌（びぼう）と血筋からルーカスの花嫁になることを実家から期待されて皇宮に入り、貴族の目があるところではルーカスに焦がれるように振る舞う。

だが、どうも本人はそれを望んでいないようなフシがある。

言葉は悪いがカノンとルーカスを風除けに、皇宮での暮らしを楽しんでいるようなのだ。

――友人と言えるかまでの自信はないが、気まぐれに現れて勝手に茶を淹れて好きなことを喋(しゃべ)っては帰っていくミアシャとの女子会はいつもそれなりに楽しい時間だった。

「無理に好きではない本を読む必要はありませんよ。ミアシャ様がおっしゃるように、子供向けの本はわかりやすく大切なことが凝縮されて書いてありますもの。私も好きです」

カノンの言葉にミアシャはちょっと笑う。

「今度あなたが働いている時にひやかしに来るわね」

「動きやすい服装で来てくださいね。いろいろとお手伝いしてもらいますから」

「あらひどい、私の細腕に何をさせるつもり?」

ミアシャは、楽しそうに目を細めた。

「毎日通うのも悪くないかも――なにせ、天使様にも会えそうだし」

レヴィナスとカノンは顔を見合わせた。

「天使?」

「あそこにいる子供たちですか? ……確かに可愛いですが」

ミアシャは違うわ、と首を振った。

「今日はね、孤児院出身の、神殿の有望株がいるのよ」

「有望株？」

「そう、最年少で神官になった方でね。美しい容姿と甘い声とあいまって、ついたあだ名が、天使。癒しの力で大怪我や奇病であっても治癒できるとか」

孤児院出身の美形な若手神官が式典には参加していたらしい。

「三か月ほど前に、聖官が一人急死なさったでしょう？」

数万人の神殿関係者のなかで、神官職になれるのは千人あまり。

そして神官の上位職である聖官は十三名しか存在しない。

十三という数字は太陽神の子供の数と一致する。トゥーランでは聖なる数字の一つだ。

「最年少で聖官に選ばれるのではないか、ともっぱらの噂なの」

「先ほど、聖官選挙があるとルカ様がおっしゃっていましたが……」

「陛下が推しているのは、ゾーイ子爵の縁戚の方よ。これと言って目立つ功績はないけれど温厚で清廉潔白な方」

……カノンは無意識にこめかみを押さえた。不安がどっと押し寄せる。

既視感のある言葉が次々にミアシャの口から出てくる、
異例の抜擢。

最年少。天使のような、容姿の神官。

そしてなにより、――稀有な治癒能力。

なんだか、非常に覚えのあるフレーズばかりが出てくる。

不吉な予感しか、しない。

「後方にいたからカノン様には見えなかったかもしれないわね。どうせならポディム聖官ではなくて、彼の説話を聞きたかったのに。――貴族のマダムたちのサロンに頻繁に招かれるらしいのだけれど、あまりに甘い声で話すから、内容が頭に入ってこないって」

「神官としては駄目じゃないですか？　それ」

「ポディム聖官も色男でしょう？　昔はサロンの人気者だったのですって。今でも皇都の人気役者って言われたら信じてしまいそうよ」

「神殿、爛（ただ）れていませんか？」

カノンの突っ込みにミアシャは神殿も人気商売だもの、と肩を竦（すく）めつつも社交界に疎いカノンに説明してくれた。ミアシャは貴族の事情にも詳しい。

「ポディム家は没落したアーロン子爵家出身なの。家名より家紋が有名かも。船を模した意匠でね、今では子爵家が治めていた地域全体のシンボルに使われているわ」

領主は没落したが領地は栄え、紋章だけが残るというのは皮肉なことではある。

「その没落貴族の彼が聖官までのし上がったのは集めた寄付金の多さによるって噂。そもそも、貴族のサロンでどれだけの人間が真面目に説話を聞くのかしらね。私だって天使のような神官様が諭（さと）してくれるならうっとり聞いてしまうもの！」

天使のような容姿、貴族のご婦人方の熱烈な支持を受ける、孤児院出身の神官。設定が盛りすぎだ。そして、このゲームの世界に生まれ落ちたカノンには注意すべき項目がある。甘く、美しい声。

「義姉上？　どうかなさいましたか？　お顔の色がすぐれませんが」

「そう。レヴィナスもいい声なのよね、攻略対象だから……」

「は？　コウリャ……？　なんとおっしゃいましたか？　義姉上」

「ごめんなさい、レヴィ。なんでもないのよ。どうか気にしないで」

慌ててごまかしながら、カノンは恐るおそるミアシャに尋ねた。

「そんな有名な神官様が式典に参加してくれたのですね、ちなみに……その方のお名前は？」

ミアシャは、扇子で前方を示した。

彼女の示す先には、上機嫌なポディムがいる。そして、その隣にいる華奢（きゃしゃ）な青年が視界に入って、カノンはヒュッと息を呑んだ。

美しい白髪が目に刺さる。青年がこちらを見た気がして、不自然な動きで視線を逸らす。

ポディムは目敏くミアシャとカノンに気づき、足取り軽く青年を引き連れてこちらにやってきた。今でも役者をやれそうな華やかな笑顔を浮かべ美辞麗句を並べ立てる。

「麗しいお二人がそろわれると、一層華やかですな。ラオ侯爵令嬢、ご機嫌麗しく。お父上にはつい先日お会いいたしました――侯爵家のご慈悲で、皇国民の憂いも和（やわ）らぐでしょう……ど

うか私が感謝していたと、くれぐれもよろしくお伝えくださいと

「神殿への奉仕は貴族の当然の義務ですから。父にもポディム聖官からお言葉をいただいたと伝えますわ。……あら？　そちらのお若い方は？」

ミアシャが今気づいたとでも言いたげに水を向け、レヴィナスが興味深そうにポディムの背後に視線を送る。

カノンはやめて！　と悲鳴をあげたくなった。

今朝がた見た、悪夢を……重い鉄の刃が首筋を圧迫する感触を思い出して背筋が寒くなる。

顔が引きつりそうになるのを、唇を噛みしめて辛うじて耐え、カノンはポディムの背後にいる青年を見つめた。さらりと揺れた白い髪に彩られた柔らかな笑み、――気のせいか、全く笑っていない淡い水色の瞳に囚われる。

名乗るために神官が優雅な仕草で一歩前に出る。

ずいっと下がりそうになるのをカノンは必死に耐えた。

名乗られるまでもなく、彼が誰かなんか、とうに知っている。

「シャント伯爵。この度はおめでとうございます。伯爵の慈悲深い御心が、子供たちの未来を明るく照らしますように……私もこの孤児院出身ですので、己のことのように嬉しく思います」

微笑みは本当に、天使のよう。

ミアシャが小さく、「きゃっ」と可憐に喜んだ隣で、カノンは「ぎゃあ」と叫びたかった。

ついでに、できればこのまま全速力で走り去ってこの場から逃げ出したいが、そんな奇矯な振る舞いをしようものなら、コツコツとなんとか積み上げてきたシャント伯爵の名声は一瞬で地に落ちる。二十代半ばに見える神官は、カノンの沈黙を戸惑いと受け取ったのか、眼鏡の下にある美しい水色の瞳の目じりを下げた。

「申し遅れました。ロシェ・クルガと申します。伯爵」

カノンの目の前に現れたのは案の定「攻略対象」のロシェ・クルガ神官だった。


——認めたくないことだが、この世界は、カノンが前世でプレイしていた……ゲーム、『虹色プリンセス』の世界だ。

ゲーム、虹色プリンセスに出てくる攻略対象者は七名。

それぞれが七つの大罪を背負っていて、その業をヒロイン、シャーロットが昇華しないといけない。業を昇華しないと、彼らは暴走して国を亡ぼす。

カノンが最初に出会った攻略対象は、元婚約者の「傲慢」の大罪を背負ったオスカーだった。

彼は今、遠い土地でシャーロット共に幸せに暮らしているはずだ。多分。

「怠惰」なるタミシュ大公ベイリュートは領地で元気にしているとつい先日便りがあった。

「嫉妬」の業を司る義弟のレヴィナスはカノンの良き相談相手として側にいてくれる。

「憤怒」の業を持つルーカスは今のところは穏やかに皇国を統治している。

シャーロットがオスカーと婚約し皇都からいなくなった今、攻略対象はもうこれ以上出てこない、すなわちカノンの破滅も回避できたと思っていたのに……。

「シャーロットの存在以外に、攻略対象が出てくるトリガーがあるの？」

カノンは、脳裏に皇宮図書館の地下室を思い浮かべた。

カノンにしか見えない、カノンにしか入れない地下室が皇宮図書館の一画にはあって、そこにはゲームの攻略対象の七つの大罪と呼応するタイトルの七冊の魔術書が存在する。

中身には攻略対象のことが記されてあるから、魔術書なのだろう、と思う。

問題が解決したらしいオスカーの本はただの本になって鎮座しているだけだが、レヴィナスのことを書いた「嫉妬」の書は見るたびに違う情報が書いてあるし、後半は白紙だし、「憤怒」の書を含めた他の四冊に至っては開くことすらできない。

まだ、ゲームのイベントは終わっていないというメッセージに思えて、頭が痛い。

「ロシェ・クルガの本を、焼いておくべきだったんじゃないのかしら」

内心で神を呪(のろ)いながら、カノンはできるだけ笑顔を貼り付けて、青年を見上げた。

「お初にお目にかかります、ロシェ神官。過分なお言葉をいただけて嬉しいです」

「私は心からの称賛を口にしただけです、伯爵」

柔らかな笑みに釣られながら、『色欲の業を持った聖職者が抱く――深淵(しんえん)なる闇(やみ)』というゲームでの陳腐な煽り文句を思い出して乾いた笑いが出そうになる。

色欲の大罪を持つ、ロシェ・クルガ。

将来を嘱望される聖職者であり、清廉潔白に見えながら貴婦人たちを次々に誘惑するというキャラクターだ。シャーロットの純粋さにほだされ、改心した彼は次第に真実清廉な聖職者として成長していく。それはいい。更生するのは大いに歓迎だ。

だが、しかし。

――カノン・エッカルトはロシェ・クルガルートでは絶対に死ぬのである。

他の攻略対象のルートと同じく、シャーロットを敵視して虐める、カノン・エッカルトはヒロインと相手役の最大の敵だ。婚約者だったオスカールートでは大体生き埋めだが、神官ルートだとなぜかカノンは毎回、断頭台送りになるのである。

悪夢の原因はこれだったのか、とカノンは夢を思い出して首を押さえた。ぶるり、と寒気がするのをやり過ごす。

「カノン様にお会いできて本当に光栄です」

「名高い神官とお会いできて、こちらこそ光栄ですわ」

カノンが引きつった笑いを返す横で、レヴィナスが目を吊り上げた。

「――ロシェ・クルガ神官。伯爵を名で呼ぶのは失礼でしょう」

「これは失礼いたしました」

神官は大人しく頭を下げた。

トゥーランでは、位が上の人間の名は呼ばず、爵位で呼ぶのが礼儀だ。

カノンがロシェ・クルガを見つめると、神官は非礼を謝ると言いながらもその美しい水色の目を細めて、堂々と見つめ返してくる。

シュンとした表情はまるで雨に濡れた花のよう。近くにいた令嬢が、横目でちらちらとロシェ・クルガを盗み見ているのがわかる。

――美形なら見慣れているから美しさに心動かされることはないが、ここで不興を買うと、断頭台へと近づいてしまうかもしれない。カノンは愛想笑いを返した。

「私は気にしません。神の御前では皆、神の子。身分の貴賤などありはしないのです」

神殿関係者が好みそうな言葉を並べてみる。

「義姉上……！」

「あは、は。れ、レヴィも些細なことに、目くじらを立てなくてもいいのよ」

声が上ずる。カノンのために怒ってくれるのは嬉しいが、ここで神官の好感度を下げると己の命にかかわるかもしれない。カノンはひたすら愛想よく美貌の神官と見つめ合った。

ロシェ・クルガはふわり、と優し気に微笑んだ。

「――それは嬉しいな。では親しみを込めてカノン様とお呼びしても？」

「ど、どうぞ！　ご自由になさって！」

今日の式典をやり過ごせば二度と会うことはないだろうし、呼び名なんか好きにしてくれたらいい。カノンはこくこくと頷いた。

「手慣れているわね」

扇子で口元を隠して、ミアシャが呟く。

ミアシャはロシェに近づいて手を差し出し強制的に口づけさせ、拗ねたような口調でねだる。

「シャント伯爵ばかり素敵な殿方に囲まれて狡いわ。私のこともミアシャと親しく呼んでちょうだい、ロシェ・クルガ神官」

「ありがとうございます、ミアシャ様」

「――今度ラオ家の別邸で弟の誕生日会がありますの。来てくださる？」

「お呼びとあれば、いつなりと」

ミアシャが会話を繋いでくれてよかった。カノンは額の汗をそっと拭った。

神官と離れようと顔を背けた途端、ロシェ・クルガがなぜか会話を再開した。

「カノン様は他区画にも図書館を作るおつもりだと聞きました。本当でしょうか」

うっ、とカノンは足を止めた。

図書館のことを聞かれては、答えなくてはいけない。

「皇都の五区画すべてに児童図書館をつくる予定です。蔵書のリストを各館で共有して、すべての館の本を首都にいる子供たちが皆、利用できるのが理想です」

「中央区のように孤児院と併設して――無料で利用させるおつもりですか？」

「ええ。それがいいと思ってはいますが、孤児院側の都合もあるでしょうから。他にふさわしい場所があれば、検討するつもりでいます」

中央区の場合は、孤児院に隣接した建物があったからそれを利用できたのが、大きい。

「子供たちが書籍を紛失してしまうのでは？」

「本の扱い方については、根気強く伝えていくしかありませんね。――中には紛失してしまう子供もいるかもしれませんが、本を失う不利益よりも、トゥーランの未来を担う子供たちの教養を育てることが重要です」

カノンの答えに、ロシェ・クルガは満足したようだった。

おそらく、嘘ではない穏やかな賞賛の笑みを浮かべてくれる。

「先ほども申し上げましたが、私は孤児院出身なのです。今のように恵まれた環境ではなく、子供の頃は読みたい本が読めず悔しい思いをしました。カノン様のお考えを尊く思います」

これは多分本心よね、と訝しみながらもカノンも己の子供時代のことを思い返した。

「私も……、あまり活発な子供ではなかったので、本が友人のようなものでした。祝ってくださった神殿の方にこんなことを言うと失望されてしまうかもしれませんが、福祉だなんてたいそうな志ではないのです、小さな頃にこんな場所があればよかった、と思うものを……陛下のお許しを得てつくっているだけで。自分の子供時代への慰めかもしれませんね」

母イレーネが亡くなってからは、屋敷の中心はシャーロットで、カノンの居場所はなかった。

しんみりとしていると、ひと通りこの場の貴族との挨拶を交わしたらしいルーカスがシュートを引き連れてやってきた。

「陛下、今日もご機嫌麗しく」

ミアシャが優雅に挨拶の口上を述べ、レヴィナスと神官たちもそれに倣う。

「ミアシャは皇太后の代理か？」

「はい、陛下。私だけではなくジェジェ様もですが」

「毛玉も楽しんでいるようで何より」

ポディウムが小さく「毛玉……」と困惑するのを、カノンは聞かなかったことにした。

霊獣を皇帝がぞんざいに扱っていることが神殿に知られてしまった。

「皇太后様が陛下は最近ちっとも顔を出してくれない、と嘆いておいででしたわ。私も同じですけれど。珍しい茶葉を仕入れましたの。ぜひ、遊びにいらしてください」

ミアシャの珊瑚色の唇が可愛らしい誘いの言葉を続ける。

ポディムが興味深そうな顔でミアシャとカノンを見比べていたのに気づいて、カノンは視線をさ迷わせる。ここは嫉妬した目でミアシャを睨んだりしたほうがいいのかと悩んでいると、ルーカスが無言でカノンの手を取って自分の横に立たせた。ミアシャが少し傷ついたような表情を浮かべて、わざとらしく目を伏せレヴィナスの隣に並ぶ。

カノンには演技にしか思えないが、ボディムには恋のさや当てが繰り広げられたように見えるかもしれない。周囲の人々にも、だ。

若い皇帝を巡る二人の令嬢のスキャンダルの噂が明日には神殿中に巡っているような気もするが、仕方がない。

「考えておこう——そちらがロシェ・クルガ神官か」

ルーカスが名を呼ぶと、ロシェ・クルガ神官は恐縮して頭を下げた。

「皇帝陛下に名を呼んでいただけるなど、光栄の至りでございます」

レヴィナスが「陛下のことは敬称で呼ぶのか」と舌打ちし、カノンはどうかルーカスに聞こえていませんように、と密かに祈った。そういえば、レヴィナスとロシェ・クルガはゲームでも仲が妙に悪い設定だった気がする。

カノンの内心に気づかぬまま、ルーカスはロシェ・クルガを褒めた。

「大神官からも神官の優秀さは聞いている。能力が高いだけでなく、聖書を読む声が実に美しいと。——皇太后にも聞かせてやってくれ。最近は目が疲れると言っていたから喜ぶだろう」

「ありがとうございます、陛下」

ルーカスは緋色の目を細めた。

「皇太后だけではなく、叔母にも、な。叔母は——そなたを気に入っているらしいな」

ルーカスが口にする叔母、という単語にカノンは少し体を強張らせた。

カノンだけでなくレヴィナスとミアシャもぎょっと二人を見つめた。

ルーカスの叔母は一人しかいない。

更に言えば直系皇族は現在四人しかいないが、その一人は先代皇帝の娘、ヴァレリアだ。

若くして公爵家に嫁いだが一年あまりで夫君が亡くなりすぐに公爵家から籍を抜いた。今は皇宮で本人曰く慎ましやかに暮らしている。

高貴な未亡人はルーカスとは仲が悪い。故に、カノンも挨拶を交わした程度の付き合いだ。

だが、それでも二人の間に流れる空気が冷えびえとしたもの、ということは知っている。

「皇女殿下にも、ご厚遇をいただいております。お心の優しい方です。陛下と同じく」

二人の不仲を知らないわけではないだろうに、ロシェ・クルガは堂々と答えた。

しかも、同列に扱うとは……、喧嘩を売っているように聞こえなくもない。

ポディムの方がうっすら汗をかいていて、ルーカスは面白そうに笑っている。

「ははっ。俺と叔母は一緒か、……なるほど」

若き皇帝は周囲に威圧感を与えてそれを全く意に介さないが……、それればかりではなく、自分を恐れない者を面白がる悪癖がある。ロシェ・クルガに多少の興味を惹かれたらしい皇帝は、珍しいことに会話を続けた。

「叔母と一緒に皇宮に来るといい。皇太后も叔母に会いたがっていた。余計に喜ぶだろう」

「御意」

ポディムが皇帝の機嫌が悪くないのを察知したのか、恐るおそるという風に口を開いた。

「陛下。ロシェ・クルガ神官の皇宮への出仕をお許しいただけるのならば、もう一つご検討いただきたい事柄がございます」

「なんだ？」

「この者は中央区のこの孤児院出身なのですが。この度のシャント伯爵の児童図書館併設の事業にひどく感じ入っておりまして。——神殿としても、この事業に協力したいのです。ロシェ・クルガ神官に手伝わせていただけませんでしょうか」

「……え」

いきなり己の名を出され、カノンは間抜けな声をあげてしまった。

「未来ある子供たちの救済と養育は神殿としても、力を入れていきたい事業です——もちろん、シャント伯爵のお邪魔になるようなことはいたしません」

皇帝の恋人が遊びで始めた、福祉事業。カノンの行動は周囲にはきっとそう映っている。だが、活動に神殿が加われば、周囲の認識は変わり、協力を得やすくなるだろう。

だが神殿が関わるとなると、蔵書はおそらく神殿が良書と認める書籍ばかりになる。選書はカノン自身で行いたいし、それにこのままではルーカスが神殿に借りを作る形にならないだろうか。どう答えたものか考えあぐねているとルーカスが珍しく邪気なく微笑んだ。

「せっかくの申し出だが、神殿の協力自体は、今はご遠慮いただこう」

「なぜでしょう、陛下」

「これはシャント伯爵の図書館館長としての初仕事なのでな……神殿の協力を仰ぎすぎては簡単すぎる。少し苦労をさせてやりたい。――学びも多いだろうから。ま、俺の親心だ」

「ルカ様はいつ私の親になったのです?」

軽口を叩くと、ルーカスが声を立てて笑った。

それを珍しそうに周囲の貴族たちが眺めている。

「ロシェ・クルガは聖官の候補だそうだな? 皇宮は神殿内の選挙には公には干渉しない。――俺の私情で言えばゾーイに花を持たせてやりたいが、誰が選ばれても異存はない。皇宮は神殿人事には口を出さないのが決まりだ。――だから無理に俺に気を使う必要はない」

言葉は激しくないがルーカスはすげなくポディムの申し出を断った。カノンがルーカスの言葉に感謝していると、ポディムは微笑みながらも食い下がった。

「では、神殿としてはあまり大きな口出しはいたしますまい。――けれど、ロシェ・クルガ神官がシャント伯爵のお手伝いをすることはお許しいただいても?」

――それを一番、避けたいのですが。

カノンは内心で涙したが、それをここで言うのはあまりにも不自然だ。

「姫君の仕事を個人的に手伝う分には構わないだろう。俺の心証が変わらなくとも、恨み言は言うなよ」

「もちろんでございます」

「――姫君も異論はないか？」

「ものすごくあります、無理です。断頭台に近づきたくないです」

――と言いたいのを我慢してカノンは頷いた。

「お許しに感謝します」

ロシェ・クルガ神官の表情がぱっと明るく輝く。

邪気のない、若い神官の美しい笑顔に本来ならば見惚れるべきなのだろうが、残念ながら脳内で断頭台の影がチラついて、ちっともそんな気にならない。

（どうして、攻略対象と出会ってしまうの！　……私はヒロインじゃないのに！）

カノンは内心で叫ぶ。

「ねえ、パージル伯爵代理。面白いことになりそうじゃない？」

「……僕にはちっとも面白くありません、ミアシャ様」

背後でこそこそと楽しそうに話すミアシャに何も面白くないわよ！　と文句を言っている間にも、ポディムが迅速にロシェ・クルガ神官の訪問の日程を決めていく。

「さっそく、あさってから出仕させてもよろしいでしょうか、陛下」

「構わない」

――カノンの憂いも虚しく、ルーカスは鷹揚に頷いて、色欲の大罪を持つロシェ・クルガ神官の出仕を許可した。

「……疲れた」

皇宮の私室に帰るなり、カノンはドレスのままソファに倒れ込んだ。

ラウルが茶器一式を持ち込んで、呆れた声を出した。

侍女たちは皆下がらせたので、今はカノンとラウルの二人きりである。

「カノン様、またお行儀の悪い姿をなさって……」

「いろんな人に会って、疲れたの。ここにいるのはラウルだけだからちょっとだけ……気を抜いたら、だめ?」

上目遣いで頼むと、カノンにはなんだかんだ甘い性別不詳の侍女兼護衛騎士は仕方ないですね、とカノンを甘やかすことに決めたらしい。慣れた手つきで茶を用意し始めた。

「式典まで働きづめでいらしたから、疲れておいでなのでしょう」

コト、と優しい音を立ててカップが置かれる。

両手でカップを包んだカノンは、立ち上る湯気にほっと息をついた。

「いい香り……」

「東方の茶葉をキリアンからせしめて参りました」

「ありがとう、ほっとするわ……」

ラウルとの付き合いも、もう一年近い。

お茶を淹れるのがうまいので、カノンの舌はすっかり贅沢になってしまった。

カノンはそうだ、と枕元から一冊の本を取り出すと、ゆっくりと開いた。

手をかざして命じると、本の中から少年少女の人形が浮き上がって、カロンコロン、と優しい音を奏でながら音に合わせて踊る。

「――踊りなさい」

首都にある小さな古本屋で見つけた古い魔術書だった。

魔術書は大きく分けて四つの種類がある。

本自体が魔力を宿し、手にするだけで強力な魔法が発動する禁書と呼ばれるもの。二つ目は本に魔術が刻まれたもので、魔力のある人間が開くと、魔法が発動する。三つ目が、魔法は付与されていないが、魔力のある人間しか読めない本。最後に、魔術についての知識が書かれた本。

これは二つ目の「本に魔術が刻まれたもの」だ。いくつかの曲と、それに合わせてホログラムが動くだけの簡単なものだが、どの曲も心地よいのでカノンは気に入っている。

好きな音楽が部屋に流れているだけで、疲れが癒されるなあとカノンは目を細めた。

「私が皇宮を去ったあとも、たまにはお茶を淹れてね。遊びに来るから」

しみじみと呟くと、ラウルは茶壷を取り落としそうになって、慌てて態勢を整える。

「不吉なことを！　ずっと皇宮にいらっしゃればよいではないですか」

「それは無理よ。ルカ様だっていつかは本当にどなたかを皇妃に迎えるだろうし」

「いや……それは……」

ラウルは何か言い淀んでいたが、意を決したように口を開いた。

「私の知る限り陛下があのように微笑まれるのはカノン様の前だけです」

「そんなことないと思うけど」

「事実です！　ですから、どうかここを去るなどとおっしゃらないでくださいませ。──私も寂しくなります」

ラウルがよよよ、と目元を拭う。大げさだなあとカノンは苦笑しつつも頷いた。

「すぐのことじゃないわ。──けれど皇妃になる方は大変ね。苦労が多そう」

「そうでしょうか？　陛下は強く、賢く、美しく、当世一の男性です。伴侶になる方は、きっと幸せになれます！」

ラウルはルーカスを狂信している。熱烈なファンと言ってもいい。

確かにルーカスが強いのも賢いのも疑いはない。少々圧が強すぎる気もするが、弱気では皇帝など務まらないだろう。だが──

「政治の世界は私には難しすぎるもの。あ、そういえば、今日珍しくルカ様の口からヴァレリア様の話題が出たわ」

「皇女様の……、ですか」

　昼間の式典でのことをかいつまんで話すとラウルは渋面になる。

「ロシェ・クルガ神官と皇女殿下は親しいようだけれど。何か知っている？」

「その神官の名前は私も聞いたことがございます。ご婦人方にたいそう人気だとか？　寄付金もずいぶんと稼いでいるようですね」

　ラウルは冷静なようでいて、実は気性が激しく、人への好悪が顔に出やすい性質だ。

　眉間の皺を見る限りあまりロシェ・クルガ神官への心証はよくないのだろう。

「確かに、天使みたいな人だったわ」

　柔らかな乳白色の髪色に水色の瞳。清涼飲料水のような印象の人物だった。

「皇女殿下は元々、神殿と懇意でいらっしゃるのでその関係でしょうが……皇女殿下と懇意な神官がカノン様のお側に近づくのは喜ばしくありませんね」

「ルカ様と皇女殿下は昔から不仲なの？」

　ルーカスの即位の際、皇女は幼い甥よりも異母弟であるコーンウォル卿に皇位を継がせるべきだと主張した。しかし、結果として皇位争いはルーカスの圧勝となり、コーンウォル卿は今は皇都の外れに軟禁される身の上となった。それに比べれば皇宮で優雅に暮らすヴァレリアは優遇されている。しかし、ヴァレリアが寛大な処遇をした甥に感謝するでなく嫌っているという話は、伯爵家時代のカノンでさえ耳にしていた。

「昔から、皇女殿下が一方的に陛下を嫌っていらっしゃるのです。陛下がいかにあの方の我儘を我慢していらっしゃるか！」

ぷんぷんと怒っているラウルをどうどう、と宥めながらカノンは茶に口をつけた。

ラウルが気を静めて、それでもカノンに懇願した。

「嫌がらせのために、どんなことでもなさる方ですから。カノン様もお気をつけください」

「そうだね。心配してくれてありがとう、ラウル」

茶の甘みがゆっくりと体中に行き渡って、緊張していた身体が弛緩していく。

皇女ヴァレリアは基本引き籠っているし、皇帝の目の届くところにはあまり姿を現さない。

カノンが気をつけていれば出会うこともないだろう。ロシェ・クルガにしても、そうだ。

攻略対象だからって、現時点でそんなに怖がることなどない。今のところ嫌われてはいないはずだし――あくまで仕事で付き合うに留めて、深く関わらなければいい。

平和に――私は児童図書館設立を頑張らなきゃ。

カノンはひっそりと決意して、もう一口、茶を口に含んだ。

◆◆

会いたくないと思う人にほど、出くわしてしまうのはどうしてなのだろう――。

カノンが皇宮の西にある皇太后の居城――玻璃宮に出向いた時は、皇太后のサロンに先客がいるのに気づいて、足を止めた。

機嫌のよさそうな皇太后ダフィネの軽やかな笑い声が聞こえてくる。

顔見知りの侍女がカノンに気づき慌てて頭を下げる。

「シャント伯爵。ようこそおいでくださいました」

「今日は皇太后様とお約束をしていたのだけれど……どなたか、お客様？」

侍女は言いにくそうに振り返った。

カノンの約束があっても出迎えるくらいなのだから親しい人なのだろう、と予想はつくが。

「皇女殿下が、……今度から皇宮に出仕されるという神官様を伴ってご挨拶においでで……」

カノンは笑顔のまま、固まった。皇女ヴァレリアはこの半年ほどは「体調が悪い」ということであまり自分の宮から外には出ていなかった。カノンの記憶にある限り、皇太后の宮を彼女が訪れるのはこの一年弱で、初めてだ。

「その神官のお名前は……」

「ロシェ・クルガ神官でございます」

そうですよね、そうだと思っていましたと心の中で相槌（あいづち）を打ちながら、カノンは胃のあたりを押さえた。会いたくない人物上位二人がそろい踏みとは！

「皇女殿下がいらしているのならば、出直します。お二人の邪魔をしては悪いもの」

皇太后ダフィネは皇女ヴァレリアの実母ではない。彼女は側室が産んだ娘だ。

だが、ダフィネが幼くして母を亡くしたヴァレリアを引き取って実子同然に育てたおかげで、生さぬ仲の二人の関係はいたって良好だ。

踵を返しかけたカノンを侍女が止めた。

「伯爵がおいでになったら、構わずお通しするようにとお言伝がありまして……」

カノンは、うっ……と顔をしかめた。

皇太后にとってカノンは孫のようなもので、ヴァレリアは義理の娘。

以前から何かと会わせたがっている雰囲気は感じていた。

カノンはできれば会いたくないのだが、ここで引き返してはヴァレリアに後で何を言われるか分かったものではないし、恩義ある皇太后を失望させるのも忍びない。

覚悟を決めて侍女二人を続きの間に待たせ、笑い声の方に向かう。執事の声に促されて室内に入ると中にいた三人の女性と一人の男性の目が一斉にカノンに集中する。

「皇太后陛下――ご機嫌伺いに参りました」

「ああ！　カノン、よく来たわね――待ちかねていたわ」

カノンはしずしずと皇太后の示す席に移動した。

隣はミアシャで、斜め向かいはロシエ・クルガ。そして真向かいには銀色の髪と緋色の瞳をした美女が柔らかい表情でカノンを眺めていた。

銀と緋色。そんな色味を持つ人間は滅多にいない。

皇女ヴァレリアその人だ。

「皇女殿下にもご機嫌麗しゅう」

「シャント伯爵。他人行儀な挨拶はよして。甥の恋人は私にとって身内のようなものじゃない！　今ね、ロシェから楽しい話を聞いていたのよ。あなたにも教えてあげるわ」

皇女の髪色はルーカスと同じく輝きを抑えたような珍しい銀色だが、ルーカスのように硬質な感じはしない。

どちらかと言えば柔らかなイメージを抱かせる。本人の雪のように白い肌と輝く紅い瞳、それから蕩(とろ)けそうな柔和な笑顔とあいまって、彼女はどこか、イチゴのケーキを連想させた。

――子供のようなあどけなささえ感じる。

「ありがとうございます、殿下」

皇太后ダフィネは、カノンとヴァレリアが言葉を交わし合うのを楽しそうに眺める。

「私の大好きな二人とお茶会ができて嬉しいわ」

ふふ、とダフィネが微笑み、ヴァレリア皇女も嬉しそうに義母に視線を注ぐ。

「それに、ロシェ・クルガ神官にはぜひ会いたいと思っていたの。ヴァレリーがあまりに声がいいと褒めるから」

「神官の説話は、義母上の期待に添えましたか？」

「ええ。素敵なお声に天に召されそうよ」

皇太后は可愛らしく肩を竦めた。

「それに話も上手で——久々に声をあげて笑ったわ」

「何のお話をなさっていたのです？」

カノンがロシェ・クルガに水を向けると彼は恥ずかしそうに俯いた。

「私の修業時代の失敗談などを。皆様が神官はどのような修行をされるか興味がおありだと言うので……」

「本当に神官になるには辛い修行ばかりなのねえ。断食だけは私には無理だわ」

「断食も慣れると楽しくなりますよ。体が軽く感じますし……、欲から離れることで、神のお言葉を聞きやすくなるという神官もおります」

それって空腹によるただの幻聴なんじゃない？　とカノンは思ったが……神官の前で神を愚弄する気はないので、興味深い現象ですね、とニコニコ笑うに留めておく。

基本的にロシェ・クルガが修業時代の苦労をヴァレリアや皇太后に請われるまま面白く語り、ミアシャとカノンはにこにこと相槌を打つばかりとなった。

しばらく話し込んでいると、ダフィネがそうだわ、と顔を上げた。

「ロシェ・クルガ神官に見せたいものがあったのよ。ついていらっしゃい」

「はい、皇太后陛下」

「三人はここで楽しく話をしていてね？」

少女のように顔をほころばせている皇太后を待ってください、と止めることもできず、カノンたちは取り残された。

カノンがちらりとミアシャを見ると、ミアシャはコホンと咳払いをして視線を逸らした。口の動きだけで「無理！」と言うので、今日は、彼女からの助けは期待できないらしい。社交界の華とも呼ばれる美しい皇女になんの話題を提供すればいいのだろう。思考をフル回転させているカノンに、皇女ヴァレリアが微笑みかけた。

「――シャント伯爵とゆっくり話すのは今日が初めてかしら？　私が病に臥せっていたから」

「左様でございます、殿下。以前、ご挨拶だけはさせていただきましたが……こうやって、お話しできるのを嬉しく思います。お体の具合はもうよろしいのでしょうか？」

「もう、すっかりいいわ――無聊を慰める玩具ができそうだから」

「は？」

聞き取れずにカノンは間抜けな声を出し、無礼にも皇女をしげしげと見つめてしまった。

無聊？　玩具？　なんだか不穏な言葉が聞こえた気がする。

三十を過ぎても、いまだにどこか少女めいた可憐さを失わないヴァレリア皇女は目の前の皿に盛られた果実を細い指で摘まんだ。

珊瑚色の唇に投げ込んでわずかに零れた果実をナプキンでそっと拭う。

あまり褒められた動きではないが、所作が綺麗なせいでなんとも艶めかしい光景だった。

「――毎日、毎日、退屈で死にそうで寝込んでいたのよ。本当に。コーンウォル卿と話をしたいのに塔の中にいて会えないし、手紙のやりとりばかりでは飽きるわ」

ミアシャが息を呑んだ。

コーンウォル卿はルーカスの叔父で反逆を企(くわだ)てた罪で今は軟禁されている……。皇宮で名を出していい人物ではない。

「可愛いルーカスは政務で忙しいとかで私を無視して、ちっとも遊びに乗ってくれないのだもの……。義母上は優しい方だから私の遊びに巻き込んだりできないし。――ねえシャント伯爵。あなた、体は丈夫？」

「……私の、健康状態、ですか？」

話が見えないまま、カノンは皇女に聞き返した。

皇女は至極真面目に頷く。

「そう、大事なことよ。体力はあるかしら。病気がちだったりする？　社交界に出られなかったのはパージル伯爵家の長女が病弱なせい、という噂があったけれど。あなたの可愛い妹……シャーリーだったかしら？　彼女によればあなたは意外に丈夫で腹が立つって」

シャーリー……とは、妹、シャーロットのことだろうか。カノンが社交界に出なかったのは偏(ひとえ)に父グレアムから嫌われていたからで、特段健康に問題はない。

甥の恋人の健康状態に問題がないか、親族としてのチェックだろうか。

就職活動の面接官に答えるような気分で、カノンは言葉を探した。

「運動神経に優れてはいませんが生活に不自由はないですし、病気がちというほどではありません。いたって、人並に、健康ではないかと。――体力はある方かもしれませんね……」

ミアシャが微笑で口を挟んでくれた。

「そうですわね、カノン様ったら中央区の図書館開館のために、ずうっと働きづめで。……連続で十日働いても、けろっとしているのだもの。びっくりしたわ」

「ミアシャ様。あれはいつもじゃないわ。特別忙しい時期だったから無理をしていただけよ！」

皇女が二人の会話を面白そうに眺めた。

「そういえば孤児院の隣に、児童図書館を設立したのですって？　シャント伯爵」

「はい、殿下」

「他の区にも設立するつもりなんですって？　ロシェ・クルガと一緒に」

「ええ、次は北区と東区に設立するつもりでおります」

「立派ね」

にこ、と微笑まれたのでカノンは安堵しつつ、微笑み返した。

美しく身分の高い皇女は社交界で人気がある。その艶（あで）やかな容姿と常に最先端のファッションを身に纏（まと）う姿は、社交界の華と言っていい。

そんな彼女の協力がもし得られたら、カノンの事業もきっとやりやすく……。

「イレーネ・エッカルト。本当にあなたはイレーネにそっくりね。彼女も本が好きだったわ」

いきなり母親の名前を口にされてカノンは戸惑う。思えばカノンの母親であるイレーネは皇太后の養い子として皇宮で暮らしていた。血は薄いけれど皇族の傍系だったから、皇女とも交流があったと考えるのは自然なことだろう。

「母をご存じ――」

「いつもこれ見よがしに本を読んで」

カノンの問いは有無を言わせずに、ぴしゃり、と遮られた。

今までとは打って変わった――氷のように冷たい声だった。

「孤児のための図書館をつくる？　お優しいこと。――母親と一緒で偽善が好きなのねえ」

邪気のひとかけらもない笑顔のまま辛らつな言葉を浴びせられ、カノンは固まった。

カノンの隣のミアシャはカップを持ち上げたまま、静止画のように動きと息を止めている。

「皇帝の威光を利用しておままごとをするのは楽しい？　――思い付きの仕事を、最後までちゃんと完遂できるのかしら？　最近はルーカスをそっちのけで、図書館に籠っていたのでしょう？　ルーカスも可哀そうに……。政務に疲れた身体を癒されたくても恋人は己の欲を満たすばかり。甥は移り気だもの、そろそろあなたに飽きてもおかしくない頃合いね」

あまりの言い草に、二の句が継げない。

ルーカスの威光を利用しているのも、彼がカノンを面白がってくれるせいだし、ルーカスが色々とカノンに甘いのも事実だ。

それに甘えてルーカスとの公務に付き添わなかった日もある。

「ルーカスが飽きないうちに、児童図書館の設立だけでもうまくいくといいけれど」

――図書館の仕事に重きを置いていたのは、事実だ。

いや、しかしそもそもの契約がそうなのであって……、私は本当の恋人ではないのだし……。

言い訳が口に出そうになるのをカノンは耐えた。

ルーカスが、カノンに飽きるなんてことあるわけがない。前提が間違っている。そもそも、ルーカスはカノンを「そんな風」には好きではない……。

ただの体(てい)のいい風除けで、そこそこ使える女で面白がっているだけ、なのだから。

――俺は姫君が好ましいらしい。

言われたのは、その言葉だけ。どういう意味で好ましいのか、その意味を深く考えたりしないのは、きっと怖いからだ。

真意を聞いてしまえば後戻りが――自分だけできなくなりそうで、恐ろしい。

シン……。と周囲が静まり返って、カチャリ、と皇女がカップをティーソーサーに戻す音がやけに大きく響いた。

カノンは己のカップからゆっくり茶を口に含むと、心を落ち着けた。

無理やり、笑みを作る。

「ご忠告ありがとうございます、皇女殿下」

「お礼を言われることではないのよ。ただの嫌味だもの」

「いえ。陛下はいつも私にお優しいので、そういったご意見があるのを失念していました」

「ルーカスが優しいなんて、意外なことを言うのね」

「意外に思われるのも仕方ありません。ルカ様は、誰にでも優しいわけではありませんから」

「あら、ご馳走様」

ヴァレリアは面白そうに目を細めた。

「事実を申し上げているだけです」

二人のやりとりを視線だけで窺いながら、ミアシャはまだ動きを止めている。

皇宮に来てルーカスの契約を受けてから、カノンの周囲は常に柔らかで、優しい。皆がカノンに友好的で、皇宮に落ちている針から目を遠ざけてくれている。

世間は、カノンには決して優しくなかったことを思い出す機会もないくらいに。

「皇女殿下にも認めていただけるように、これからも職務にまい進いたします」

くすくすと皇女は笑った。

「あなたやっぱりイレーネの娘ね。その口調、彼女にそっくりだわ。彼女もすごく生意気だったわ。——あなたと違って、身体が弱かったから……遊んであげられなかったけど」

「皇女殿下は、母と親しくしてくださっていたのですか？」

「義母上のお気に入りの侍女だから、姉と妹のように仲良くしていたわ。いつも正論ばかり言うから、私は大嫌いだった」

言い放つ皇女の顔に邪気はまるでない。

「……いつか、気が向かれたら母の話を聞かせてください。母と早くに別れたので、私には思い出が少ないのです」

まっすぐ見返したカノンに、ヴァレリアは意外そうな表情を浮かべたが、ややあって、ころころと笑い出した。

「ふふ、いいわ――またお話をしましょうね。カノン・エッカルト・ディ・パージル。私に口答えをしたことは褒めてあげる――退屈が紛れたわ」

ヴァレリアはぱちり、と扇子を閉じて立ち上がった。年季の入った高価な椅子（いす）が、床を引っかいていびつな音を立てる。

皇女が帰る気配を察知したらしい侍女がやってきて、皇女を先導する。

背の高い黒衣の騎士が彼女を迎えに来たのがチラリと見えた。

皇太后の客間には、令嬢二人が残された。

皇女たちの足音が遠ざかったところで、カノンは大きく深呼吸をして、ミアシャがやっと、と言うようにカップを皿に戻した。

しばし二人で沈黙し、示し合わせたように二人は同時に顔を見合わせた。

「こわ……、かった!!」

「なんなのよ！　あれ！」

「さ、さっきのは、幻覚じゃありませんよね？　ミアシャ様」

「幻覚であってほしいわ！　どうか皇女様がカノン様に気を取られて私の存在を忘れてくださっていますように！」

「ひどい……！　なんで助けてくださらないのですか⁉」

「あたりまえでしょう！　無理よ。……あの方は美しい蛇。私はそこらへんでゲコゲコ鳴いている可愛い蛙。ひたすら視界に入らないように、息をひそめるしかできない……」

「可愛いっていう自己評価は忘れないんですね……？」

「事実よ！」

二人はもう一度、はあっ……と同時に息を吐いた。

「皇女様が皇太后様の手の届かないところでは度を過ぎたおふざけをなさる、という噂は聞いていたけれど、目の当たりにすると背筋が凍るわ」

いつも皇太后と一緒にいるミアシャは、初めて目にした皇女の本性にあてられたらしい。

「おふざけ、というのはどんな？」

「――色々よ。皇女の不興を買った侍女は、望まぬ婚姻を強いられるとか、そういう……」

悪趣味だ、とカノンが扉を眺めると、楽し気な笑い声と共に扉が開く。

「あら、ヴァレリーは帰ってしまったのね？」

「はい、ご用事があると」

測ったようなタイミングでロシェ・クルガと皇太后が戻ってきた。ダフィネは目を丸くし、名残惜しそうに皇女の帰った方角を向いた。生さぬ仲の母娘の関係が良好なのは意外だが、事実らしい。慈悲深いダフィネには、皇女の本性がわからないのかもしれない。

そこからしばらく四人で当たり障りのない会話を交わし、カノンは皇太后の部屋を後にすることにした。

カノンに倣って、ロシェ・クルガが立ち上がる。

「私もそろそろ失礼いたします」

「ロシェ・クルガ神官、カノンを宮の出口まで送ってあげてちょうだい」

「はい、皇太后陛下」

結構です、と断りたい気分だったがカノンは素直にロシェ・クルガの手を取ることにした。どうせしばらくは頻繁に会うことになるのだし、不本意だが慣れるしかない。

廊下を連れ立って歩いていると、神官は柔らかな表情でカノンを気遣った。

「お疲れですか、カノン様」

「いいえ？　どうして」

「顔色がよろしくないので。――皇女様から、何か――？」

神官殿は察しがいい。

こういう気遣いがご婦人に人気の理由だろう。

「いえ、たいしたことでは――ルーカス様を気遣うお言葉と、皇宮で暮らすうえで、ご助言をいただきました」

「左様でございますか」

「児童図書館の設立についても、ご助言を」

「どのような？」

「素晴らしい取り組みを中途半端に終わらせては意味がないので、完遂するように……と」

皇女の嫌味を前向きに曲解すれば、まあ、そういう意味合いにはなる。

誓ってやり遂げよう、とカノンが決意する隣でロシェ・クルガは美しい水色の瞳を伏せた。

「皇女様は気位の高いお方。思うことも色々とおありなのでしょう。しかし、カノン様の取り組みは先日も申し上げた通り真実素晴らしい取り組みだと思いますよ」

「孤児院を人気取りに利用している、と言われても仕方ないと思いますし、事実です」

「私も孤児院出身ですから。――偽善でもなんでも気にかけていただける大人がいるのは嬉しいですよ。理屈をこねて為さぬ善行になんの意味がありましょう？　私のような子供たちに必要なのは物質的な支援と、多くの機会です。私もできる限り助力いたします。カノン様のお気の済むようにこき使ってください」

　ふわり、と微笑む笑顔があまりに綺麗で汚れがないのでカノンは思わず見惚れてしまった。

　さすが攻略対象だ……。

　己を断頭台に送る予定の人物だから警戒していたが、あの時のカノンは異母妹を殺そうとたくらむ悪逆非道なキャラクターだったから容赦なかっただけで、今、目の前にいる神官は見た通りの人なのかもしれない。

　清廉潔白で、優しく、美しい、有望な神官。

　カノンは脳内に浮かぶ「ロシェ・クルガ神官」の氷のように冷たい酷薄な笑みを打ち消した。

　深入りはしないけど、児童図書館の設立に努力する間、友好的な関係を築ければいい。

「では、また皇宮で。カノン様」

　白い手袋をはめた手に指を取られて、小さく口づけられる。

　他意はない挨拶だろうが優美な仕草にわずかにときめくのは仕方ない、と思う。

　特別な好意を抱いていないカノンから見ても、神官は魅力に溢れた人物だった。

「ええ、ロシェ・クルガ神官。また近いうちにお会いしましょう」

　カノンは踵を返し、ロシェ・クルガはその背中を黙って見つめ、静かに頭を下げた。

「どうした、こんな時間に」

夜、カノンはルーカスの仕事が終わるのを待って皇帝の執務室を訪れた。

寵姫——と言ってもあくまでカノンは恋人の「フリ」をしているだけだから日が暮れてから部屋を訪れることは少ない。

たまにルーカスがカノンの部屋に訪れて話し込むことはあるが、交わすのは他愛のない日常や仕事の話ばかり。アリバイ作りだと嘯いてルーカスがカノンの部屋で朝まで過ごすことが何度かなかったわけではないが、ルーカスはカノンの寝所に隣接した広間のソファで仮眠を取って明け方に去っていくのが常だ。

「少しお顔が見たいな、と思っただけです。お忙しかったら、また出直します」

本当は、昼間皇女から言われた「恋人」という地位に甘えて……という言葉が気になって、顔を見に来たのだが。

「今日はもう、仕事に飽きた」

促されカノンがソファに座ると、心得たように侍従であるキリアンが席を外す。いてくれてもいいのに、と去っていく背中を眺めていると、皇帝はカノンに古びた本を差し出した。

「これは?」

古びてはいるものの、装丁は凝っている。赤味がかった茶色の表紙の素材は子牛革か。

背表紙に古代語で刻まれたタイトルをカノンはなぞった。

「古代語ですね。タイトルは、大陸の情景——でしょうか」

開いた表紙の裏に「旅の記録として」とあるから、旅行記なのかもしれない。

「先帝の執務室を整理していたら見つけた」

ルーカスの祖父で、ダフィネの夫だ。

「日付は三百年ほど前だから先帝所縁の者が著者なわけではないだろうが」

皇国が建国されたのは五百年ほど前、三百年前は戦争もなく比較的政情が安定していた時代だから大陸全土を旅することもできたのだろう。その時代すでに古代語を使う人間は少なかったはずだが。

「著者の名前はないが、淀みない古代語で記述しているから、著者は高位貴族だったんだろう
――面白かったぞ、読むか？」

「喜んで！　ありがとうございます」

カノンは目を輝かせた。

「気に入ったのならよかった」

古代語をある程度読むことはできるが、単語だけを理解しただけで意訳してしまうことが多い。古代語で書かれた書物は貴重だからいい勉強になる。

うきうきと本を開いたカノンに、ルーカスは笑った。

「ついでに、面白い仕掛けもある」

「仕掛け？」

「――記憶の眷属よ、汝の正体を明かせ」

ルーカスが古代語で命じる。

本は、カノンの目の高さに浮き上がると蒼い光を放って自らページをめくった。二人の眼前に、異国の――これは山の斜面での農作業の様子だろうか――が映し出される。簡素な麻の上下を纏った人々が歌いながら緑の葉を摘み取って、背負った籠に収穫していく。

「これは――」

カノンが身を乗り出すと――、

(茶摘みの様子だ)

半分透明な人影が、かすれた声で喋り出してカノンはぎょっと身を引いた。古代語だ。脳裏に直接声が響き、ルーカスがその様子を面白そうに笑っている。

二人に構うことなく、半透明の人影は喋る。

(東方では、トゥーランと違い半発酵させた茶を好む。我が国のそれよりずっと苦みの強い、生々しい味で私は好みではないが、彼らは茶を薬としても重宝するので、味は二の次なのかもしれない。もっとも、彼らに言わせれば我が国の茶は安い味がすると言うのだが――?)

文章で書かれた事を、映像でも記録していたらしい。

「――三百年前の情景を記録しているんですね……!」

「全文ではないがな。数か所同じような映像が仕込まれていた」

ルーカスが本の別のページを示す。

金色で描かれた紋章が魔法を封印した箇所なのだろう。図鑑などで、絵や簡単な映像を閉じ込める魔法は見たことがあるが、こんなに長い時間のものは滅多にお目にかからない。──図書館の地下室で見た、「大罪持ち達（攻略対象者）」を示す魔術書を除いては。

カノンは感嘆した。

「素晴らしい技術ですね……」

魔術はトゥーラン皇国設立以前が全盛だった。禁書と呼ばれる多くの魔術書もその時代に作られていて、今でも魔術を使える人間はいるが──複雑な術は失われて久しい、とされている。

「俺も魔術書の発動は出来るが、仕組みはわからん。いっそ、この本を分解して……」

「何てことをおっしゃるんですか！　こんな貴重なものを！　もったいない！」

分解して、二度と魔術が発動しなくなったらどうするのか！

カノンの剣幕に、ルーカスは、はは、と軽く笑った。

「──俺は魔術を発動できるが。他人が発動できるものを作るのは難しい。そういった知識は皇宮から失われてしまった。──神殿にはいくらか残っているだろうが、奴（やつ）らは門外不出（もんがいふしゅつ）だとか嘯いて教えたがらない。この技術が簡単に応用できれば辺境の偵察が容易になるが……」

眉間に皺が寄るのでカノンは下からルーカスの顔を覗（のぞ）き込んだ。

「どうした？」

「仕事には飽きた、のではなかったんですか？」

ルーカスは一瞬動きを止め、ふ、と破顔する。

「そうだった。せっかく姫君がいるんだ。仕事の話はやめよう」

「そうしてください。——でも、素敵な魔術書ですね。まるでその場所に実際に行ったように感じます。東方にもいつか行ってみたいな」

カノンがうきうきと本を開くと、ルーカスはカノンの髪を摘まんだ。

「その時は一緒に行くか？」

思いがけない提案に、カノンは目を丸くした。——皇帝が皇国を出ることは滅多にないだろうし、そもそもカノンは来るべき「いつか」まで、ルーカスの隣にはいないだろう。

だって、仮初の恋人なのだから。

カノンが言葉を探している間に、ルーカスはさりげなく話題を変えた。

「昼間、皇女に会ったと？」

「……はい、皇太后様のお茶会で」

「虐められなかったか？　何やら会話が弾んだようだが？」

面白がるように見つめられたので、カノンはうっ、と固まった。昼の出来事を——しかも、皇太后の居所——玻璃宮での出来事をルーカスが知っているのはなぜなのだろう。

——思い付きで仕事をするな、とか。ルーカスを蔑ろにするな、とか。諸々言われた気がするがおおむね事実なので虐められた、と言うのはフェアではない。

「皇女殿下に、ご忠告を色々といただきました」

ははは、とルーカスは笑った。

「叔母の暇つぶしは、俺と俺の身近な者を苦しめることだ。生きがいと言ってもいい」

物騒なことを楽し気にさらりと言わないでほしい。

「さっさとどうにかしたいが、俺と叔母はお互いに直接危害を加えることはできないからな。周囲の人間を使って、地味な悪戯を仕掛けてくるかもしれないな」

「周囲の人間、ですか？」

「ロシェ・クルガが叔母の指示で何か仕掛けてきたら……」

聞きたくなかった名前の二つ目を聞いてカノンは眉間に皺を寄せた。

「来たら？」

皇帝はにっこりと笑みを深くした。

「手玉に取って見せろ――将来有望な神官を一人、叔母から姫君の味方として乗り換えさせるのも悪くはないぞ？」

「無理です！　そんな仕事は私には向きません」

「なに、皇帝を骨抜きにしたカノン・エッカルトだ。神官の一人や二人篭絡するのは容易いだろう。まあ、頑張れ」

無責任な応援にカノンはいっそう眉間の皺を深くしたが、ルーカスは楽しそうにけらけらと笑い、いつものように「恋人」の膝(ひざ)を占領して短い仮眠を取った――。

★第二章　図書館の姉弟

皇宮には毎日のようにロシェ・クルガが訪問している。

皇女だけでなく、皇太后ダフィネも（上辺は？）清廉潔白で、美しい声の神官を気に入って頻繁に話し相手として呼ぶらしい。

できるだけロシェ・クルガと仕事以外で関わらないようにしよう、としていたカノンだが、仕事以外でも皇宮で頻繁に出くわし、そのたびに愛想笑いを浮かべできるだけ最低限の話をして去るようにしていたカノンだが、さすがに毎日会うと脅威に感じてきた。

「名前で気安くお呼びください」

仕事中にそう提案され最初は拒んだが、あまりに悲し気に俯かれ、ロシェ・クルガからも周囲の侍女からも圧をかけられたので、とうとう、カノンが折れた。

伯爵の仕事を知りたい、と侍女たちもカノンの業務を手伝ってくれている。

「おかげで親しく名前を呼び合う仲になってしまったわ……」

——痛む頭を押さえつつ、その日も、カノンはゾーイ元館長や他の皇宮図書館の職員に加えてロシェ・クルガと打ち合わせをしていた。

東西南北のそれぞれの区画に図書館を設立する計画においては、どこに作るか、というのがまず一番の課題だ。東区を除くすべての地区では中央区と同じように孤児院の一画にちょうどいい建物がある。というのも、元々孤児院と救貧院が併設されていたからだ。

救貧院はルーカスが即位してから少し離れた場所に移転したので、改築すれば使えそうである。しかし、東区ではその土地を売却してしまったので良い土地がない……近くの物件の資料を取り寄せてみるものの、ふさわしいところが見つからないのだ。

休憩にしましょう、と告げてカノンは建物の外に出る。

秋風を感じながらほうっ、と息を吐くと、神官はお疲れですか、と微笑みかけてきた。

「児童図書館は、新しく建築してもよいのではありませんか、カノン様」

「予算には困っていないのよ。陛下から予算は潤沢にいただいているし――おかげさまで寄付も集まっている。けれど一から建設していては軽く一、二年はかかるでしょう? 児童図書館は小規模でもいいから早く作りたいなって」

「それはなぜです?」

「子供はすぐ大きくなるから。学びの場は早く使えた方がいいでしょ?」

「そうですね」

ロシエ・クルガ。色欲の大罪を持っていて、かつ、カノン・エッカルトを断頭台送りにする男。そういう事情を忘れ去れば、彼は穏やかで博識で、話をしていて楽しい相手だった。

「蔵書は中央区とほぼ同じにするのですか?」

「そのつもりだけど……東区は富裕層が少なくて、五区画の中でも一番識字率が低いの」

「――貧民街もありますしね」

「ええ。絵本の割合を多くして、あとは子供向けで字を学ぶ教材なんかもあったらいいけど……トゥーランにはさすがにないよね」

貴族や富裕層は家庭教師がつくし、平民は仕事をしていくうちに字を覚えるものだ。

トゥーランにも教育機関はあるが、平民の就学率はそこまで高くない。働くうえで自力で覚える。覚えなければ就職の道は拓けない。そうカノンはボヤいた。

「タミシュの方が教育水準も、福祉水準も高いのよね」

カノンはタミシュのことを思い出した。

タミシュはトゥーランの隣国……と言うより、自治を認められた属国だ。小さいが清潔で美しい国なのでトゥーランの上流貴族はタミシュに別荘を持っていることも多い。

「タミシュは領土も広くありませんし、人口が少ないですから。土壌は豊かで災害も少なく、交易で裕福です。皇国と比較は難しいでしょう」

その通りなので、カノンはため息をついた。一つの仕事を進めるだけでもすぐにはうまくいかない。たった五つの施設をつくるのでさえ、難航する。

――そう思う一方で、いつも平然としているルーカスを思う。

また書類仕事をサボっている！　とシュートやキリアンが血相を変えて追い回してはいるが、

彼は基本的に職務には忠実だ。

首都の図書館設立だけで四苦八苦しているカノンにはその激務が予想もつかない。

「絵の多い本がお望みであれば、異教徒向けの聖書が数十冊神殿に眠っていたはずですよ」

「異教徒向けの、聖書？」

カノンは、ぱっと顔を上げた。

「美しい宗教画と簡易な言葉で神の御言葉を記しています。子供も喜ぶかと」

「子供たちも喜ぶでしょうが私が見たいです。神殿の聖書は美しいものばかりですもの！」

ロシエ・クルガは何がおかしいのか、苦笑した。

「どうかなさいましたか？」

「いいえ？　カノン様はいつも私の話を控えめに聞いていらっしゃるのに。書籍の話になると、楽しそうになさるな、と。少々寂しく思っただけです」

ばれている。カノンはええと、と視線をずらしてごまかす。

「ひ、人見知りなのです……」

「カノン様は奥ゆかしいのですね」

水色の瞳が優しく揺れる。

なるほど、もてる男は言い換えもうまいなとカノンは妙な感心をした。

「書籍に興味があるのは本当です。どのような聖書なのですか？」

ロシェ・クルガはカノンの下手なごまかしを深追いせず、穏やかに説明を続けた。

「美しい聖書です。創生神話が描かれた部分は絵具もふんだんに使い色鮮やかで――。空は青く、海はより深い青。木々は緑で――色とりどりの花が咲き誇り、鳥は歌い、獣は駆ける――神様がお作りになったこの国は、何と美しいのか、と感動しました。天上では天使が音楽を奏で、神様が優しく地上を見守っている……素晴らしさに、心打たれました」

「――それで、ロシェは神官を目指したのですね」

思わず口にしてから、カノンは慌てて口元を手で押さえた。

今のはカノンが言うべき言葉ではない。――本来ならば、ゲームヒロインであるシャーロットが口にする台詞だ。ロシェ・クルガはシャーロットとの図書館イベントで、美麗なスチルつきで語っていたはずだ――それを口にしてしまうなんて。

カノンの動揺には気づかず、ロシェ・クルガはカノンの呟きを肯定した。

「神の国に焦がれた一因にはなったと思います。――美しい本ですから、きっと、子供たちにも気に入ってもらえると思います。根拠は私ですが」

その話は知らなかった。

「私を育ててくれた神殿関係者が、字の読めない私にその聖書を用いて、神の御心を説明してくださいました。毎晩、眠る前にね……繰り返し読むうちに、大好きな本になりました」

水色の瞳が、湿り気を帯びて、揺れる。

「ああ、でも。私は聖書の内容そのものより、その人が私に物語を読んでくれる時の、優しい声が好きだったのかもしれませんが……」

穏やかな横顔のロシェ・クルガの声まで優しくなる。彼は穏やかな人だが、眼鏡の下の瞳は冷たい印象だ。だが、こんな風に優しく微笑むこともできるのか……。

「大事な方だったんですね」

「どうでしょうか。子供の頃に別れて以来会っていませんので……」

ロシェ・クルガは言葉を濁した。これも、彼には珍しいことだ。

「中央区の図書館にその聖書を持っていきましょうか。実際に読んだ子供たちの意見も聞いてみたいですし」

「ええ、そうですね」

「では、期日が決まったらまたご連絡いたします。一緒に参りましょう」

関わるまい――とするのに、約束を取り付けてしまったのを後悔するが、善意で協力してくれているロシェ・クルガの誘いをこの流れで断るのはあまりにも感じが悪い。

「楽しみにしています」

カノンが諦めの境地で笑うと、ロシェ・クルガも優しく目を細めてカノンを見つめ返す。

――本当に天使みたいな笑顔だわ、と少しばかり見惚れてしまった。

「ああ、そろそろ時間ですね。お送りいたします。カノン様」

時計を見るともう、夕方に近い。カノンは慌てて帰り仕度をした。図書館を出たところで、ロシェ・クルガがおもむろに手を伸ばす。

「カノン様、どうぞ」

エスコートしてくれるのか、と手を出したカノンの手は、あるべきはずのロシェ・クルガの手を空振りして、虚しく、空を切る。

「えっ——」

バランスを崩したカノンは、次の瞬間、あろうことか、神官の腕の中に倒れ込んでいた。

「カノン様!?　いかがなさったのです」

「えっ——ええっ？」

あなたが手をいきなり外したからでしょう！　と驚いてカノンは美貌の神官を見上げたが、ロシェ・クルガは困惑したようにカノンを見つめている。

「いかがなさいましたか？」

カノンは文句を言おうと口を開きかけ、背後のヒソヒソとした声にはっとして振り返った。図書館を利用していたと思われる貴族の令嬢たちが、カノンを非難するように見つめている。

……これは、絶対に誤解されている。

「ロシェ・クルガ神官！　転んでごめんなさいっ！　お怪我はありませんかっ!!」

できる限り大声で言って離れると、ロシェ・クルガは曖昧に微笑む。

ひょっとしてこれは神官に迫ったところを第三者に見られて慌てる皇帝の恋人の図、ではなかろうか、とカノンは冷や汗をかいたのだが、ロシェ・クルガは一向にそれを気にした様子もなく、カノンを馬車に誘導した。

「私は歩いて帰りますので、どうぞお気をつけくださいませ」

――わざとでは、なかったのか。

令嬢たちの同情の視線がロシェ・クルガに。非難の視線がカノンに注ぐ。

カノンは動き出した馬車の中で頭を抱えた。

「気のせいよね、きっと」

――接触が一度であればよかったのだが。ロシェ・クルガとカノンがばったり会うのはそれからも続いた。一度ならば偶然でいい。いや、せめて三度までそう呼ぼう。だが、四度以上続くとなると……。カノンはロシェの行動にさすがに疑念を抱き始めた。

ロシェ・クルガは「皇帝の恋人」と噂になりたいのではないか。行く先々で会うし、共に出席した式典では意味ありげに手を取って微笑まれ、カノンが参加する茶会では隣に座って、主催者そっちのけでカノンに話しかけ、果ては、ルーカス不在の夜会には、ヴァレリア皇女の供として参加し、いつの間にかカノンは彼と踊る羽目になってしまった。

――おかしい。どう考えても、おかしい。

「シャント伯爵ったら見境がないのね」

「ディアドラ家のオスカー様がカノン様との婚約破棄をしたのも、案外……あの多情なご性格を知っていたからではないの？　陛下がお可哀そう……」

カノンに好意的でない令嬢たちのこれみよがしの悪口も、カノンには否定する材料がない。

材料がないまま、ルーカスと会うよりもロシェ・クルガと会う時間が多い日が続く。

昨日は朝から皇帝が住まう太陽宮の外れにある温室で寛いでいたら「偶然」現れてカノンは心臓が止まるかと思い、今日は皇太后の住居である玻璃宮の庭で花を見ながら読書にいそしんでいたら、いつの間にか背後を取られていて心臓が止まるかと思った。

ひやひやしながら小一時間ほど世間話を交わして、ようやく逃れたのだが――。皇太后宮で働く人々に冷めた視線を浴びせられ、カノンの胃はシクシクと痛む。

「あまりに偶然が多すぎるわ。監視カメラでも持っているんじゃないかしら」

玻璃宮なら危険はないし、少しの時間一人になりたいから、とカノンは侍女たちをまいて、一人でぶらついていたのだが……。少し遠いところで男女の楽し気な会話が聞こえてきた。

「今日はありがとうございました、ご令嬢」

ロシェ・クルガの声だ。カノンは柱の陰に身を隠す。一日に二度も会っては話すこともないし、いつ断頭台フラグが立つかと思うと気が気でない。

声からすると、ロシェ・クルガの他にもう一人、誰かいるようだが……。

気づかれないように様子を窺い、カノンは愕然とした。

「いいえ！　信徒として当然のことをしただけです。今日は伯爵とお話ができましたか？」

「おかげさまで。伯爵とお話できるのは喜ばしいことです。伯爵がどこにいらっしゃるかわからずに困っておりましたがまさか教えていただけるとは……しかし、よろしいのですか？」

ロシェ・クルガとの会話相手はカノンの侍女の一人、一番新しく採用された男爵家の令嬢だった。カノンはその場にへたり込んで頭を抱えた。

「私が勝手にお伝えしただけですから！　次期聖官のロシェ様と伯爵が親しくなれば、きっと陛下も、もっと神殿にお心をくだいてくださいます。伯爵のご予定を教えるのは……本当は良くないかもしれませんが、神殿のためですもの。仕方ないです。ね、そうでしょう？」

ロシェ・クルガはにこり、と微笑んだ。ように見えた。

「仕方ないわけがないでしょう！」

大声で突っ込みたいのをカノンは我慢した。カノンの行動を他に漏らすなど……しかも、神殿の人間に漏らすなど重罪に決まっている。

カノンだけならばいい。カノンの行動は、皇帝と重なることもあるのだから。

令嬢の行動を是とも否とも言わずロシェ・クルガは胸に手を当てた。

「太陽の加護が、あらんことを」

それから彼女の手を取って優雅に口づける。

美しい微笑みに男爵令嬢はぽおっとなって、顔を赤くした。

「ろ、ロシエ・クルガ様にも太陽の加護がありますように」

「令嬢に加護をいただけて……今日は良い日になりました」

額に口づけられて、令嬢はますます顔を赤くして慌てて頭を下げた。

神殿のため、だなんて言っているがそれは口実だ。純真無垢な令嬢は、美しい神官の歓心を買うために、カノンの情報を「売った」のだ。本人に自覚はないかもしれないが……。

侍女が一礼して去っていくところまで見届けてから、カノンはため息をついた。

カノンは「善人かもしれない」というロシェ・クルガの評価を打ち消すことにした。

――彼は、男爵令嬢に情報漏洩を強要していない。自発的に彼女がロシェ・クルガに情報を流しただけ。彼女の「これは罪か」という問いかけには微笑んだだけ。相手をその気にさせて都合のいいように利用して、そして、言い放つのだ。

「太陽の加護があらんことを」――と。

ロシェ・クルガは男爵令嬢に触れていた手をもう一方の手で払った。埃を落とすかのように。

「腹黒すぎるでしょ……」

男爵令嬢は真面目で感じのいい子だが、神殿側と内通したのではカノンの側を、外れてもらうしかない。

カノンがはあ、と柱の陰にへたり込んでいると、楽し気な女の声が聞こえてきた。

鈴を転がしたような可憐な声。男爵令嬢の声ではない。

カノンは再度柱の陰から覗き、ひえっと息を止めた。

「若い娘を懐柔するのが上手ね、ロシェ・クルガ」

皇太后を訪問していたのだろう。皇女ヴァレリアが護衛騎士を一人連れて立っていた。

皇女は笑ってロシェ・クルガの手を引く。

距離を少し取られたので、カノンからは二人の声が切れぎれにしか聞こえなくなる。それでも何か聞こえないか、とカノンは耳を澄ました……。


「せっかく会ったのだもの、少し話しましょう」

ヴァレリアは人懐こい笑みを浮かべて甘えるように神官を見上げた。

「声を潜める類のお話ですか？　皇女殿下」

黒い騎士服に身を包んだ男はロシェ・クルガの視線を受けると、うっすらと笑い、一歩後ろに下がった。――皇女ヴァレリアはいつも騎士を一人連れているが、初めて見る顔だった。

ヴァレリアの他の護衛騎士と同じく容姿の整った男だが右目の上に引きつった大きな傷痕があるのが貴族の護衛としては剣呑だ。

「信徒の方と話をさせていただいただけです」

ロシェ・クルガは嘘ではないが事実でもないことをさらりと舌の上に乗せた。

ヴァレリアは男爵令嬢が去っていった方向を見て肩を竦めた。

「これから、神殿へ帰るところ？　神殿まで送らせましょうか？」

「――皇女殿下のお手を煩（わずら）わせるなど恐れ多い。皇都の様子を見ながら歩いて帰ります。

「小一時間はかかるでしょうに。供もつれずに一人で歩くの？」

「歩ける距離であれば常に。市井（しせい）の暮らし向きもわかりますし、気分転換にもなります」

くすり、とヴァレリアは微笑む。

「若く美しい神官が、馬車も使わずに歩けば目立つでしょう。人気取りも大変ね、神官様」

「はい」

ロシェ・クルガは嫌味にも動じずに、にこり、と微笑む。

ヴァレリアは扇子を手にすると、無遠慮に彼の頬（ほお）に当て、品定めするように左右から眺めた。

「ロシェ・クルガ神官は本当に美しいこと。平民の生まれにしては」

「皇女殿下の美しさには到底、敵いません」

はっ、とヴァレリアは笑った。当たり前よ、と傲岸不遜（ごうがんふそん）に吐き捨てる。

「私は美しくて、有能な者が好きよ。次の聖官選挙ではおまえを推してもいいわ。ゾーイの縁者が権力を得るのも癪（しゃく）だし。神殿には私の信奉者も多いから、力になれるでしょうね」

「皇女殿下の推薦を得られるのならば、それは望外の喜びです」

皇女は三日月の形に唇をかたちづくった。

「それにしてはあの小娘を篭絡（ろうらく）するのに、ずいぶんと時間がかかっているじゃない」

「なんのことでしょう？」

空とぼけたロシェ・クルガの顎を、皇女の扇子が持ち上げる。

「物わかりの悪い振りは嫌い。ポディムに私が命じたことを、お前は聞いたでしょう？」

「……」

無言の神官に向かってぱちり、と扇を閉じては開き、乾いた音を立てながら皇女は言った。

「もう一度言うわ。あの小娘を誘惑しなさい——何も穢せと言っているわけではない。ルーカスが不快に思う程度で構わないわ。あとは私がどうとでも甥に吹き込んであげるから。あなたは不和の種を蒔けばいい。……カノン・エッカルト。本当に母親とそっくりで気味が悪い！あの女がいるみたいで不快だわ！　なぜ義母上はあのような者にまで情けをかけるのか」

ロシェ・クルガは困ったように首を傾げた。

「人の心は私にはままならぬものですよ、皇女殿下」

「おまえが今まで何をやってきたか、私が知らぬとでも？」

その言葉に、神官の顔から初めて表情が消え、ヴァレリアは目を細めた。

「お前に選択権などないのよ。間違えないようにね。——承諾以外の返事は聞かないし、成功以外の報告はいらないわ。いいこと？」

「……御意」

ロシェ・クルガが微笑を浮かべて片膝をつき頭を垂れると、満足げに皇女は神官の額に触れた。母親が子供にするように、額に優しく口づける。

「楽しみにしているわ、神官殿」

ヴァレリアは足取り軽く、踵を返し、影のような騎士も彼女に従う。

ロシェ・クルガはしばらくその場に留まって二人の足音が消えるのを待っていたが――、完全に気配がなくなると表情を消したまま、立ち上がった。

ヴァレリアの唇が触れた額のあたりを手袋で拭い、乱暴な手つきで手袋を外した。

「汚れた」

小さく呟くと、地面に両手共投げ捨てる。地面にぱさりと落ちたそれは、ロシェ・クルガの指の合図とともに蒼い光を伴って発火し、瞬く間に灰になる。

……はらり、と灰が風に飛ぶのを確認して、神官も踵を返した。


「ねえ、今の見たっ？　あれって放火犯だよねー。カノン知ってた？　トゥーランではね、反逆罪の次に殺人の罪が重くて、その次に罪が重いのが放火なんだ！」

「しーっ！　ジェジェ、駄目だったら!!　声を出さないでっ」

隠れていたカノンは、ふわふわした毛玉の口を押さえた。喋る魔猫のジェジェは、鼻を鳴らしながら、カノンの指にまとわりついて甘く噛む。ごろにゃん、と臍を空に向けるのでよしよし、と腹周りを撫でてやると、うにゃうにゃと満足そうに喉を鳴らす。

「ジェジェは物知りなのね。トゥーランの法律にも詳しいの？」

「そうだよ。僕ってばこんなに可愛くて気さくなのに、実は徳がたかーい、霊獣じゃん？　なんでも知っているんだよー」

「すごいわね、ジェジェ」

ジェジェをあやしているうちにロシェ・クルガは玻璃宮を立ち去ったらしい。

カノンはほっと息を吐いた。

「侍女とロシェの密会現場を目撃したと思ったら、今度は皇女との修羅場を目撃するなんて」

深刻な話をしている様子しかわからなかったが、二人で何の話をしていたんだろう？

「ジェジェ、何を話しているか、聞こえた？」

「なんかねえ、選挙お願いって話をしていたよ。あとはよく聞こえなかったなあ」

選挙。『虹色プリンセス』でも、亡くなった聖官の後をロシェ・クルガが埋めるという展開があった。その支援を神殿と親しい皇女が買って出ても不思議ではない。

「その支援者が触れた箇所を、手袋で拭って燃やすなんて。穏やかな人かと思ったけど、やっぱりロシェ・クルガ神官って怖い……」

「ロシェはきっと、ヴァレリーのことが嫌いなんだよ、仕方ないよね、嫌な奴だもん」

自称皇太后の守護者であるジェジェは、ぷふー、とアンニュイなため息をついた。

「ジェジェにとって、皇女殿下は嫌な人、なの？」

「きらーい。気に入らないことがあると、侍女の子たちに、すーぐ意地悪するんだもん。僕のこともデブ猫って虐めるし。尻尾を引っ張ってくるし、だいっきらーい！　ダフィネが叱るとその時だけは反省するけど……性悪は、治療しようがないからね！」

ジェジェはぷんすか怒って、ふわふわの尻尾を、ぼわっと可愛らしく逆立てた。

「そうねえ……」

けれど、はっきりと「悪い奴」のほうがカノンにはわかりやすい。

悪気のない人間の方が、扱いに困ることもある。男爵令嬢の処分を考えなければならないが、彼女を処罰したところで、次は他の侍女が犠牲者になるだけかもしれない。男爵令嬢には悪いが彼女には時々、嘘の日程を教えて、しばらく攪乱してもらおう。

カノンはジェジェを抱き上げ、去っていったロシェ・クルガに思いを巡らせた。

手袋を燃やす横顔はひどく強張っていた。

「ゲームの設定にはなかった気がするけれど、ロシェ・クルガは潔癖症なのかも。仕事を一緒にする時は、不用意に手を触れないように気をつけよう」

誓ってカノンはジェジェのふわふわとした尻尾を撫でた。

部屋に戻ってぐったりとしていると、「実家から美味しい果実が送られてきたので分けてあげるわね」と一方的にミアシャが押しかけてきた。

「あ、ミアシャちゃんだー僕の分は？」

「もちろんありますとも、ジェジェ様」

この二人？　も仲がいい。疲れた身体には糖分が効くと喜びつつミアシャを招き入れると、見事な赤毛の令嬢はニヤニヤとしつつ、カノンに尋ねた。

「強欲なカノン・エッカルト様は皇帝陛下の寵を得ているだけでは飽き足らず、麗しのロシェ・クルガ神官様まで独り占めして誘惑しているんですって？」

「……ゆ、誘惑⁉」

思わずカノンは咽せ、ミアシャの背後に控えたラウルが目を吊り上げた。

「誤解ですっ！」

カノンが悲鳴をあげると、ミアシャがむふふ、と笑った。

「あら、心当たりがあるのねー」

「ありませんからっ！　そんな噂があるんですか⁉」

「あるわよねえ、ジェジェ様～？」

「あるよお！　僕はねえ、お馬鹿なルカ様よりかは、ロシェ・クルガの方がお薦めー。だって神殿のお土産だってクッキーくれたんだよお、いい奴じゃん」

「神殿専売のクッキー、美味しいですものね。でも、ジェジェ様、猫ってクッキーを食べてもよろしいんですか？　お腹を壊すのでは？」

「いいんだよ、ミアシャ。僕はそこらへんでごろにゃんしている猫と違って、特別で唯一な、聖なるお猫様なんだから！　なーんでも平気。だからその果実の蜜漬け、もっとちょーだいっ」

　ゴロゴロと喉を鳴らすジェジェと猫を甘やかすミアシャにカノンは割って入った。

「ミアシャ様、誰がそんな噂を？」

　カノンに詰め寄られて、ミアシャはソファに身を預けた。

　視線を斜め上に動かして、目を吊り上げたままのラウルを面白そうに見る。

「カノン様、顔が怖いわあ。ラウルもそんな私を射殺しそうな目で見ないで」

「目つきが悪いのは生まれつきです、ミアシャ様」

「そうかしら？　あなたの小さい頃は天使だったわよ。なんでこうなってしまったのか……」

　ラウルの幼少期をミアシャが知っているのも驚きだが今はそれよりも気になることがある。

「ミアシャ様、おとぼけにならないでください、噂の出どころは、どこです？」

「皆よ。み・ん・な！　ここは皇宮よ。皆、他人の色恋沙汰を噂するが大好き。あなたのことを好きな人も嫌いな人も、みんなあなたの本命がどちらなのか、興味津々だわ」

「仕事をしているだけですよ？　確かに、ここ最近、外出先ではよく会うなと思っていましたが。……図書館では仕事の話ばかりしているのに」

「そもそも、場所がよくないわ。人気の少ない図書館が昔は何に使われていたかご存じない？」

意味ありげに聞かれ、きょとんとするカノンに侯爵令嬢はきっぱりと言った。

「貴族の逢引よ」

カノンは絶句する。

「人はいないし、隠れるところがたくさんあるし、逢引にはもってこいの場所じゃない？」

「……神聖な図書館で何をしているんですか。図書館は本を読むところですよっ!?」

ミアシャは腕を組んで、半眼になった。

「あなたがそれを言うの？　――あなた、陛下とどこで恋に落ちたのだったかしら？」

「……うっ……と、図書館です……」

「でしょう！」

カノンはあさっての方向に視線をさ迷わせた。

「それはあれと言うか、別と言うか……」

「違わないでしょ」

ミアシャの容赦ない言葉が突き刺さる。実際はカノンは契約恋人で、ミアシャもそこの事情には感づいていそうだが、公式には「皇帝が図書館で疲れを癒しているところに偶然カノンがいて二人は運命的に恋に落ちた」ことになっているので、強く否定はできない。

「しかし……それでは私は、図書館で男漁りばかりしているようではないですか!?」

「私を含めて、皇宮には口さがない者が多いので、お気をつけあそばせ。カノン様は脇が甘いから。ご自分の振る舞いがどう見られるか、自覚した方がよろしくてよ、ホホホ」

項垂れるカノンを尻目に、ミアシャはじゃあね、と足取り軽く去っていく。

にゃーん、とジェジェが慰めるようにちょいちょい、とカノンの膝に乗ってきた。

ジェジェの白いふわふわな毛並みに顔を埋めつつ、カノンは呻いた。

「ねえ、ラウル。ミアシャ様は、ひょっとして、私に忠告してくれたのかな」

「ただの嫌味のような気もいたしますが……」

「気をつけなきゃいけないのに、……約束をしてしまうなんて……」

カノンがジェジェを抱きしめながら呻いていると、手の中で、猫がシャーっ！　と毛を逆立てた。痛いところでも触ってしまったかと慌てて顔を上げると、ラウルが背筋を伸ばしている。

「何に気をつける、と？　姫君。……何やら眉間に皺が寄っているぞ」

「ルカ様。いつ、お見えに？」

仕事を終えたらしい皇帝が、供も連れずに視線の先にいた。書類仕事に飽きて、キリアンとシュートをまいてきたのかもしれない。

「約束をした、と姫君が面白いポーズで苦悩しているあたりだな」

「レディの部屋に勝手に入ってくるなよ！　ばかあ！」

「黙れ、毛玉。毎日至るところに不法侵入しているお前が言うな。いい加減に俺の城で盗み食いばかりするのをやめろ。少し見ないうちにますます丸くなって。球体を目指しているのか？」

「いいんだもん！　僕は球体でも可愛いってダフィネは言ってくれるんだもん！」

ルーカスは盛大に舌打ちし、ラウルに目配せした。忠実なる皇帝の下僕は瞬時に主人の意図を察して、ジェジェを抱きかかえる。ふぎゃあ、とジェジェが情けなく鳴いた。

「皇太后陛下がお前を探していたぞ、毛玉。風呂に入れとのことだ。ラウル、連行しろ」

「え。僕、お風呂嫌いなんだけど……！　やだあ、ふにゃーふぎゃー！　猫権侵害だあ」

じたばた暴れるジェジェをラウルがさっと拘束した。

皇帝命なラウルにとって、ルーカスの命令は絶対だ。

「さあ、ジェジェ様。皇太后陛下のご命令ですので、大人しくお風呂に参りましょう。私が命に代えても、ふっわふわの真っ白にして差し上げます」

「ふぎゃーふぐあー！　お風呂にゃー！　いにゃー」

ちょっと可哀そう、とカノンが猫を見送っていると、隣にルーカスがどかっと座り込む。

「ようやく邪魔者が消えた」

ルーカスとジェジェは仲が悪い。ジェジェはああ見えて霊獣だから本性を出すととてつもなく強いらしい。ルーカスの少年時代、ジェジェと本気の喧嘩をして皇宮の一区画を破壊した、というのは今でも語り種だ。

「ちょっと可哀そうな気もしますけどね」

「皇太后も姫君もあの毛玉に甘すぎる。俺の方がもっと甘やかされるべきでは？」

真顔で言うので、本気か冗談かわかりかねる。

「ルカ様はお疲れですか？」

「疲れているとも！　キリアンが戻って書類仕事が進むのは喜ばしいが、あいつはシュート以上に融通が利かんからな。しかも鼻が利く。俺の居場所をすぐに探り当てる」

キリアンは人狼族だから異様に鼻が利く。ルーカスの後を匂いでたどることができるらしい。

「あいつも姫君の部屋には来ないからな。少し匿ってくれ」

ごろん、とソファにルーカスが横になる。じゃあお茶でもとカノンが花茶を注ぐと、皇帝は文句も言わずにそれを口にした。

飲み物が甘かろうと薄かろうと、そういうことに文句は言わない人だ。

「それで、天使と何を約束した？」

うまくごまかせなかったことを後悔する。他人の機微に聡いルーカスと、嘘をつくのが下手なカノンでは結果は見えているが。

「数日の間に、中央区の児童図書館に行こうかと」

ルーカスの口角が上がる。明らかに面白がっている。

「ルカ様の耳にも妙な噂は届いているんですか？」

「忠告されたぞ。シャント伯爵は俺の目を盗んで、美しい神官を誘惑中だ、とな」

あっさり肯定されてカノンは頭を抱えた。

「天使は姫君といる時だけよく笑うらしい。二人はよく本の話で盛り上がっているとか」

本の話で盛り上がったのは本当のことだし、知識のある神官と話すのは確かに楽しい。

「申し訳ありません。疑われることのないようにいたします」

カノンは今のところまだ皇帝の恋人という立場なのだ。意地の悪い視線が注がれていることは自覚すべきだった。カノンと噂になって彼に何の得があるのかは知らないがおそらくロシェ・クルガは火のないところに煙を立てたがっている。

ソファで半身を起こしたルーカスが口の端を上げる。

「こうも言われたぞ。若い男女が二人きりで出かけるなど言語道断だとな」

言語道断、という言葉についカノンは反論してしまう。

「二人きりで出かけるのが言語道断なら、ルカ様だってミアシャ様とこの前劇場に……！」

つい先日、ルーカスはラオ家の縁者主催の歌劇に招かれてミアシャと仲睦まじく出席した。

美男美女の二人は傍から見ても大層お似合いだった……。

言いかけてカノンは慌てて口を噤む。これでは、浮気者の言い訳もしくは逆切れだ。

「姫君」

「はい」

ルーカスに低い声で名前を呼ばれ、カノンは叱責されるかも、と動きを止めた。

「それは、嫉妬か？」

「は？」

予想と真逆の種類の台詞が皇帝の口から転がり出たので、カノンは目を丸くした。

「嫉妬するようになったとはいい傾向だな……。情緒が育って素晴らしいことだ」

「じょ……情緒！　私を子供扱いをしないでください」

ルーカスがカノンに顔を近づけ、緋色の瞳に間近で覗き込まれる。

首の後ろに指を添えられてヒヤリとした温度が伝わって、背中がゾクリと粟立つ。

「姫君を子供だと思ったことなんかないぞ？　カノン・エッカルトは美しく賢い、帝国一の令嬢だとも。――あの神官、女の趣味はいいな。そこは褒めてやる」

引き寄せられてカノンは固まってしまった。

「神官との仲を疑われないようにする、と姫君は言うが。俺が他の男と仕事をするな、ずっと王宮にいろと……、閉じ込めたら従うのか？」

口調は柔らかいが、彼の口にする内容は不穏だ。

カノンは間近で、己の雇用主の視線を見つめ返した。

「それでは本末転倒です。私は図書館の仕事がしたくて、皇宮にいるのに」

「本は部屋でも読めるだろう。俺は本より下か。つれないな」

「読書がしたいのではありません。トゥーランの全土に図書館を作りたいんです。部屋に閉じ籠ったままでは目標は完遂できません」

　ふうん、とルーカスは目を細めた。首筋にあった指が移動して、カノンの黒髪を弄ぶ。

「では尚更、俺と姫君の仲が皆に疑われないように、常日頃からもっと恋人らしく親しくすべきでは？　俺は姫君の嫌がることはしないが――、嫌がらないことは、するぞ」

　髪の毛を弄んでいた指が再び、首筋に添えられる。

　額に軽く唇を落とされて、カノンは身を竦めた。頬がかっと熱くなる。

「だが、俺は、姫君が許す距離を測りかねている。どこまでなら近づいても逃げないか、とかな……これは、嫌か」

「い……、ええと。嫌と言うか」

「嫌ではない？」

　甘い声が耳元に流し込まれて混乱する。

　ルーカスは、ずるい。いつも否応なくカノンを振り回すくせに、こんな時だけカノンの返答を待つのだ。カノンに決めさせないでほしい。選択肢を提示しないでほしい。

　指よりも温度の高い唇が、鼻先に触れる。

　下に移動しようとしたのを察してカノンは慌てて掌をルーカスとの間に潜り込ませた。

「……この手の意味を聞かせてもらおうか、カノン・エッカルト」

　半眼で聞かれてカノンは唇を引き結んだ。

「……い、今はまだ、いや」

ぎゅっと目をつぶってルーカスの反応待っていると、皇帝がそっと距離を取る気配がした。

さすがに呆(あき)れられたかと薄く目を開くと、皇帝は口元を覆って、くつくつと笑っている。

「……ルカ様！　揶揄(からか)わないでくださいっ……！」

顔を真っ赤にして反論すると、皇帝は上機嫌で笑っている。

「揶揄うつもりは全くないが。ふはっ、なるほど、今はまだ、か！　仕方ない。のんびり待つとしよう。安心しろ。俺は気が長い」

気が長い……はどうだろう、とカノンは首を捻(ひね)ったが、ルーカスからさらりと先ほどまでの艶(つや)っぽい空気が消えたので、ほっと力を抜く。

代わりにごろんとソファに転がったルーカスは、ほら、と手を振った。

空中から魔法でルーカスが取り出したのは、聖書だった。

「姫君に振られた俺は傷心だ。聖書の朗読でもして慰めてくれ」

「私、朗読は下手ですよ」

「眠くなってちょうどいい」

罰当たりよね、と思いながらもカノンは背筋を伸ばして聖書を開く。

ルーカスはしばらくカノンの朗読を大人しく聞いていたが——ぱちりと目を開いた。

「ルカ様？」

「……俺は姫君の浮気を疑ったりはしないが……狼（おおかみ）の巣穴にみすみす兎（うさぎ）を投げ込むのも不安だな。護衛をつけてやる。児童図書館に行くなら……あいつらを供に連れていけ」

「護衛、ですか？」

カノンが曖昧に頷いたところで、部屋が控えめにノックされた。

侍女たちが戻ってきたらしい。

侍女が慎ましやかにカノンの前に進み出て、夜の支度を促す。

と同時に、扉の前にシュートとキリアンが控えていることを告げた。

皇帝はやれやれ、と一つ伸びをすると「ではな」とカノンの額に口づけて去っていく。

「……やられた」

油断していた。先ほどまでの甘いやりとりを思い出して赤面していると、侍女たちが妙に嬉（うれ）しそうにカノンを眺めている。

「伯爵、お取込み中のところをお邪魔して申し訳ありません」

「あの、キリアン卿とシュート卿をできる限りお止めは、したのですが……その」

ひょっとして、扉の前でやりとりを聞かれていたのではないだろうか。

カノンはますます赤くなる。

「色々、限界……」

今夜はもう何も考えずに寝ようと固く心に決め、ぷしゅうとベッドに身を投げ出した。

カノンがロシェ・クルガと児童図書館に行く日。

「カノン様だけでなく、パージル伯爵代理もご一緒とは。嬉しい限りです」

「次期、聖官との呼び声高いロシェ・クルガ様と親睦を深めることができるとは、嬉しい限りです。ああ——公の場では義姉の名を呼ばないでいただけますか？　非礼でしょう。——今はまだ、神官に過ぎないのですから」

「ご忠告ありがとうございます。伯爵代理」

——神官ごときが偉そうに。馴れなれしくするな。

——あなたも正式な爵位保有者ではないだろう。

そんな幻聴が聞こえてきて、カノンがきょろきょろと見回すと、白いふわふわの毛玉が、隣に控えるラウルの腕の中で、にゃあ！　と鳴いた。

「やっほー、カノン。ねえねえ、今の僕の物真似、上手だったでしょ？」

どうやらジェジェが小声でレヴィナスとロシェ・クルガの声を当てていたらしい。

「ジェジェったら、そんな特技があったの？」

「僕ってば特別な御猫様だからさあ！　霊獣ってすごいでしょ」

ふふん、とジェジェが胸を張る。

霊獣の能力が声真似というのは……どうなんだろうか、とカノンは思う。

「ってわけで、レヴィとロシェは僕についてきて、カノンと一緒に図書館に行くよお！」

ジェジェがラウルの腕を逃れて馬車へと走る。

侍従が恭しく馬車の扉を開けると、ジェジェはもったいぶって胸を張ると、ぴょんと軽やかに馬車に乗り込んだ。

「ロシェ・クルガと児童図書館に行くのは大いに結構。ただし、義弟とジェジェを伴え」

というのが、ルーカスの要求だった。

「カノン様に何かあったら、十年間おやつ抜きですよ」

とラウルからも言い渡されているので、御猫様ははりきっている。

「意図せずに賑やかになっちゃったなあ」

そうぼやきながらカノンも先に乗り込んだレヴィナスから差し出された手を取って馬車に乗り込む。

「どうぞ、義姉上。今日のお髪も綺麗ですね」

珍しく赤いリボンと一緒に編み込まれた髪を弟が褒めるので、カノンはちょっと苦笑した。

身支度中にふらりとやってきたルーカスが「編んでやる」と仕上げて去っていったものだ。

「綺麗な色ですね。皇帝陛下の瞳の色だ」

ロシェ・クルガが穏やかに指摘すると、レヴィナスの笑顔が途端に強張る。

呉越同舟……。カノンは日本のことわざを思い出して二人から目を逸らした。

そういえば、ゲームの中でも義弟は「胡散臭い」と神官を毛嫌いしていた。ヒロイン・シャーロットが側にいないとはいえ、変なところで設定が引き継がれるらしい。

児童図書館に着くと、孤児院の院長が緊張した面持ちで一行を迎えた。

「神官様もお見えとは！　喜ばしい限りです」

「今日はよろしくお願いします、院長」

ロシエ・クルガ神官と院長が言葉を交わしている隙に、カノンは義弟をちらりと見た。

「レヴィナス、ロシエ・クルガ神官と今日は仲良くしてね？　大人二人が喧嘩をしていたら、子供たちが不安に思うわ」

こそっと耳打ちすると、レヴィナスはむう、とむくれた。

大人びた表情ばかりするが、こういう顔をすると年相応に子供に見える。

「義姉上の邪魔はしませんよ。――しかし、どうも奴は胡散臭くて。気に食わない」

レヴィナスも声を潜める。

「大学の友人に、皇女殿下のサロンに出入りしている伯爵家の人間がいるのですが」

「ヴァレリア様の？」

「はい。顔の素晴らしくいい男で皇女殿下のお気に入りです。その彼が言っていました。ここのところ、皇女殿下のサロンで頻繁に神官殿を見かけるらしいのです。皇女殿下は陛下とは不仲でしょう？　皇女殿下の息がかかった者が、何の目的で義姉上に近づいているのか」

カノンは院長と言葉を交わすロシェ・クルガの背中に視線を移動させた。

「私も、皇女殿下とロシェ・クルガ神官が人目を避けて話しているのを見たわ。だけど……仲がよさそうには見えなかったと言うか……ロシェ・クルガは皇女を苦手そう、と言うか……」

ヴァレリアが触れたところを拭った手袋を、ロシェ・クルガは焼き捨てていた。

「聖官選挙があるみたいだし、選挙の後援を頼みたいのかな」

「皇女殿下が神殿に影響力を強くお持ちだからですか？」

「おそらく。私に構うのは私に取り入って、陛下からの支援も取りつけたいからかも……」

「しかし、皇帝の寵姫と噂になるような男を陛下が支持するでしょうか？」

ルカ様なら大胆な奴と面白がるかもしれないな。と無責任に笑うルーカスが簡単に想像できてカノンはちょっとだけもやもやした。

とにかくカノンを誑し込もうとするロシェ・クルガの真意が読めない。――悩む姉弟を見守っていたジェジェが、立ち上がってちょい、とカノンのドレスをつついた。

「ジェジェ？」

抱き上げると、ふにゃん、とカノンに顔を擦り付ける。

「大丈夫！　カノンは僕が守ってあげるから、心配なんてしなくていいのさ」

「頼みますよ、ジェジェ様」

「任せて！　レヴィ！　あ、この前くれたちっちゃい乾燥したお魚、また持ってきてね」

どうやらジェジェはいつの間にか義弟からも餌付けされていたらしい。私の周囲は、スパイだらけで大丈夫かしらと一抹の不安を覚えながら、カノンは児童図書館に足を踏み入れた。

「図書館に併設する孤児院に住んでいる子供は、現在は三十名ほど。朝の一時間は孤児院の子供たちだけが利用できるようにしているんです」

「それはどうしてでしょうか、カノン様？」

ロシェ・クルガに問われてカノンは説明した。

「児童図書館はどうしても親子連れが多いから。気兼ねする子も多いみたいで」

本当は開架時間は平等に使ってほしいが、親がいる子に気後れする施設の子もいるようだ。

今の時間は親子連れが多い。同じ髪色の母子が、読み聞かせの区画で寛いでいるのを見て、カノンはつい懐かしくなった。母イレーネも元気だった頃には、よく本を読んでくれた。

職員が孤児院の子供たちを集め、集まった子供たちに分厚い聖書を配る。ロシェ・クルガが以前言っていた聖書を持ってきてくれたのだ。

「わあ！　綺麗」

「いっぱい絵がある……」

興味津々で子供たちは聖書を手に取って眺めている。

「汚い手で触るのではない！」

職員が叱ると、子供たちは慌てて手を放す。

「いいんですよ。たくさん手に取って観察してください。本は読まれなければただの紙です。飾るだけのものに、意味はない」

職員は渋々引き下がり。カノンはなりゆきを観察することにした。

ロシェ・クルガは子供たちの輪の中に入ると、小さな男の子を腕の中に抱いて、彼らに微笑みかけた。

「今日は私から、神様の話をさせてもらおうかな」

えー、と不満の声があがる。

職員が慌てて子供の口を塞ぐが、ロシェ・クルガは優しくそれを止めた。

「飽きたら他の本を読んでもいいし、寝ても構わないよ」

「本当に？　神官様」

「もちろん」

ロシェ・クルガは極彩色の聖書を広げると、その優しい声で、子供たちにもわかりやすくこの世の成り立ちを語り始めた。

「胡散臭い男ですが……さすが、神官ですね。話し慣れている」

「本当ね。いろいろなサロンに招かれる理由がよくわかるわ」

レヴィナスとカノンは後方で彼を見守りながら、感心する。

太陽神がこの国を作った経緯、太陽神の子供たち……。まるで目の前で繰り広げられているかのように、彼は神話を語り、いつの間にか子供たちは目を輝かせて神官の話を聞いていた。

ひと通り話を終えると、神官は優しく笑って子供たちに語りかける。

「私が話したのは神様の言葉のほんの一部だよ。——知りたくなったら、また本を読むといい。神様の本でなくてもいい。数学の本でも、詩でも。歴史の本でも。知識を得ることは、きっと、君たちの助けになるだろうから」

子供たちは、真剣に頷いて、図書館で各々興味がある本を探しに行った。優しい目でロシェ・クルガがその背中を見送っている。

「お兄ちゃん、あの本とって」

「いいよ。さあ、一緒に行こう」

ロシェは幼児に抱きつかれても嫌な顔一つせず、鼻を垂れたその子の顔を拭ってやる。

潔癖症というわけではないのかな、とカノンは首を捻った。ヴァレリアが触れた手袋をロシェ・クルガが燃やしていたのは単にヴァレリアのことが嫌いだったのかもしれない。

今、そのことを悩んでいても仕方ない。集まってもらった子供たちに図書館を楽しく使ってもらう手助けをしよう、とカノンは図書館内に視線を走らせ、あら、と小さく声をあげた。

本が取れないのか黒髪の男の子と女の子が本棚を見上げている。踏み台はどこにあったかなと探しつつその男の子に近づく。一生懸命に手を伸ばす、その横顔に覚えがあった。

式典の時に、カノンを祝福してくれた男の子だ。綺麗な男の子だから覚えていたのだが、何より印象的だったのはその瞳だ。珍しい、紫の瞳をしている。

「どの本を取りたいの？」

二人に近づくと、女の子はぱっと顔を輝かせた。男の子はカノンが誰か気づいたのか、驚きとともに、少しだけ警戒を表情ににじませる。

「一番上の棚にあるお花の本が、読みたいんです」

遠慮がちにねだられて取ってあげよう、とカノンが手を伸ばすのをレヴィナスが止めた。

「僕の方が、義姉上より些か背が高いですよ。どうぞ」

レヴィナスが手に取った本は二冊だった。一つは普通の図鑑、もう一つは……。

「ありがとうございます！　あれ？　この本、開けない。えいっ……」

礼を言って本を受け取った女の子が首を傾げる。カノンは女の子の様子に微笑んだ。

トゥーラン皇国には魔術書が存在する。

女の子が手に取ったのは、魔力がない者には開けない仕様なのだ。

「これは、魔術書ね――魔力を込めて本に触れると……」

カノンが手をかざすと、本は、仄かに光って、パラパラとページをめくり始めた。

立体的に花が浮き上がって、その横に文字で説明が表示される。

「わ！　魔術書、初めて見た！」

女の子がはしゃぐ。

「でも、他のページが見えないね。ノア、めくれる？」

「俺？　――どうだろう」

男の子が手をかざすと、ぱらぱらと本がめくられていく。

「ノアには魔力があるみたいね」

カノンが微笑みかけると、女の子は歓声をあげて喜んだ。

「魔力があるんだって。すごいね、ノア」

「……別に、すごくない」

「すごいよ。だって、魔力があるなんて貴族の人みたいじゃない……あっ」

女の子はそこで初めてカノンが誰なのか気づいたらしく、本を抱えてぴょこんと頭を下げた。

頭の動きに会わせてポニーテールが元気に揺れる。

「あの、シャント伯爵様。今日は、その、お元気ですか？」

「カノン、でいいわ――ええっと、あなたのお名前はなんていうの？」

「セシリアです。後ろにいるのは、弟のノアです！」

姉のセシリアが無邪気に弟を紹介する。その後ろでは、弟のノアが小さな声で「こんにちは」と頭を下げた。二人とも黒髪だが姉の瞳は黒、弟の双眸は珍しいくらいに綺麗な紫だった。

「図書館は楽しい？」

「うん！　大好き！　いっぱい本が読めるから。ここで暮らしたいくらい」

元気な回答に、カノンは少女をぎゅうっ、と抱きしめたいくらいに嬉しかったのだが、セシリアの隣に並んだノアが姉を小声で注意した。

「……セシリア、敬語。貴族様なんだから」

「……あっ、暮らしてみたい、です」

弟に小突かれて慌てて敬語を付け加えたセシリアにいいのよ、とカノンは笑う。

「カノン様、本当にありがとう。私は、まだ文字を勉強中だけどノアは賢いから難しい本もいっぱい読めるんだよ」

何よりも素敵なことのように弟を自慢する小さな少女に胸が温かくなる。

「よかったわ。たくさん勉強してね」

「はい」

子供たちは元気に返事をした。二人で机の上に大きな本を開いて小さな声で何かを話している姿は可愛らしくて、ほっこりする。

「あの姉弟はまるで僕たちみたいに仲がいいですね」

芝居がかった様子で嘯く義弟にカノンは呆れた。

「あの年代の私たちは、ちっとも仲良くなんかなかったでしょう？」

「そうでしたか？」

レヴィナスは十歳の頃に伯爵家に引き取られてきたし、引き取られて以後も基本は寄宿舎にいたので近年まで交流はほぼなかった。

「細かいことはいいじゃないですか。今や我々は皇都で一番仲の良い姉弟ですよ。きっと」

「調子がいいんだから」

軽口を叩くレヴィナスにカノンは肩を竦める。

まあ、とにかく、児童図書館はおおむね、順調に運営されているようだ。今は資金も潤沢で物珍しさから利用者も多いが、これを定着させるにはどうすればいいだろう……。

カノンが考え込んでいると、児童図書館に似つかわしくない、鋭い悲鳴が聞こえた。

「痛い、やめて！」

セシリアの声だ。ノアはどこかに行ったのか、弟ではない少年に右腕を掴まれて叫んでいる。

少年は威圧的に言い放った。

「その本は僕が読むんだ、よこせよ！」

「やめて、返して。私が先に読んでいたのにっ」

「――孤児の汚い手で本に触れるなよ、汚れるだろ」

傷ついた顔で、セシリアが息を呑む。

「ひょっとして盗むつもりか？　お母さまが言っていたぞ。孤児院の子供たちは手癖が悪いから気をつけなさいって。おまえも弟も毎日まいにち図書館に来てうろうろしているんだってな。

ろくに字も読めないくせに！　――どうせ、高い本を探しているんだろう」

「ひどいことを言わないで！」

　ぱしん、とセシリアの小さな掌が男の子の頬を打つ。

　――男の子の身なりからすると裕福な家の子息だろう。それを傷つけてはセシリアがあとで孤児院の職員から叱責されるかもしれない。

「レヴィ、セシリアを助けなくちゃ――二人を引き離しましょう」

　カノンが言い終えないうちに、少年が顔を真っ赤にして手を振り上げた。

　女の子に叩かれたことが腹に据えかねたのか、目を吊り上げて、手を振り上げる。

「この、貧民がっ！　――死んでしまえっ」

「きゃっ」

　強く突き飛ばされて、セシリアの華奢（きゃしゃ）な身体が後方に倒れ込む。妙な倒れ方をしたせいで、腕がありえない方向に曲がって、鈍い音を立てる。

　近くにいた少女たちが悲鳴をあげた。

「セシリアっ！」

　騒ぎを聞きつけたノアが姉に駆け寄る。

「セシリア、セシリア……！　大丈夫かっ」

　セシリアはよほど痛いのか、呻くだけでノアの問いに答えられない。

ギリ、っと鋭く睨まれて、その視線の鋭さにセシリアを突き飛ばした少年が呻く。

「そ、そいつが悪いんだ！　そいつが先に手を出したんだ！　僕は悪くないぞ」

「よくも」

駆け寄ろうとしたカノンはなぜか足を止めてしまった。足が、動かない。

(行くな)

低く、囁かれた気がする。何が？　誰かに問うている間、怒りに震える少年に視線が吸い寄せられていく。綺麗だと思っていた紫の瞳が、より際立って輝く。

「セシリアを傷つけたなっ！　絶対に許さないっ!!」

視界が眩いばかりに光る。

「義姉上っ！　カノンっ!!」

レヴィナスがカノンを庇った刹那、ノアから閃光のような何かが発せられる。

バチィっ！　と何かが爆ぜるような音とともに少年がいた箇所に光の矢のようなものが刺さって焦げた臭いが鼻につく。……カノンは青褪めた。

視界にセシリアを突き飛ばした少年の姿がない。まさか……!!

ざわめく人々の中を剽軽な声が割って入った。

「しょうねーん、だめだよっ！　お姉ちゃんを突き飛ばした相手でも、殺したら君が悪くなっちゃうからねえ」

「ジェジェ!!」

大きい姿になったジェジェは、ガタガタと震える少年を咥えている。

ノアの攻撃をジェジェが庇ってくれたと悟って、カノンは胸を撫で下ろした。

カノンにはよくわからないが、ノアは何か魔法を発動させたのだろう。

「君、ちょっと重いんじゃなーいー？　僕と一緒に減量しちゃう？」

ぺぃ、とジェジェが少年を放り出すと、少年はその場で尻もちをつきわんわんと泣き出した。

「……っ！　その子供を拘束しろ！　早くっ！」

騒ぎを聞きつけた職員たちがノアを押さえつける。カノンは職員たちの間に割って入った。

「やめなさい！　それよりも医者を！」

「し、しかし伯爵……！」

泣いている少年を母親らしき女性が抱きしめる。

「そうです、早く！　医者をっ……ああ、坊や！　可哀そうに怯えてしまって……」

「ママ！　ママあ！」

カノンはセシリアに近づいて職員たちを下がらせ、慌てふためく孤児院の院長に指示をする。

「医者を早く呼んでちょうだい。セシリアの治療をしないと」

「私の息子が先でしょう？　そんな孤児なんか……」

「怪我人の前です。静かにしてください」

信じられないと言いたげに目を見開いた女性の言葉をたまらずにカノンは遮った。少年があからさまにセシリアとノアを馬鹿にしていたのは母親の影響だと容易に想像がつく。

「あなたの息子さんは擦り傷よ」

「なっ！　無礼な」

「私が無礼ならあなたは恥知らずだわ」

自分で思ったよりも低い声が喉をついて出る。カノンの一瞥に怯んだ母親は口をパクパクさせたが無視することにした。

「セシリアっ……！　放せよ、放せってば！」

ノアが拘束されたまま喚くが、大人たちはさすがに少年を自由にはできないようだ。

セシリアの腕は、ひどく腫れている。倒れた拍子に妙な体勢で捻じったのだろう。

「痛い？　すぐにお医者様が来るからね？」

カノンが声をかけると、セシリアはこく、こく、と頷いた。

泣かないようにか唇を噛んで痛みに耐えている。

「……ノア、大丈夫、だから、心配しないで……」

カノンが早く、と気をもんだ時……。

「私が治癒しましょう」

ロシェ・クルガが少女の患部に手を当てると、セシリアの傷が忽ちに癒え、呼吸が穏やかになる。カノンはセシリアの頭を撫でて慰めた。

「――ノア。お姉さんは大丈夫よ。その子を離しなさい」

ノアを押さえつけていた何人もの男性陣に離れるように命じると、職員たちは困惑したように顔を見合わせた。カノンが院長を見つめると、老いた院長は慌てて職員に命じた。

「伯爵のご命令だ、言う通りに」

「セシリアっ！」

圧から逃れた少年がまろびでるようにして姉に近寄る。

「は、伯爵？」

少年を抱えた母親が、目を白黒させている。児童図書館に来ている、珍しい女性伯爵。それが誰か思い当ったのだろう。さあっと血の気が引く。

カノンは膝をついて母親の腕の中で泣きじゃくる少年と視線を合わせた。

「あなたのお名前は？」

「は、ハンス……」

「ハンス。この図書館の本はね。身分に関係なくこの国に住む子供なら誰でも読むことができるし、借りることができるの。読みたい本があったなら順番を守ってほしい」

カノンはハンスの膝を見た。転んだ拍子に擦りむいたのか、血がにじんでいる。カノンは男の子の頭を撫でた。ハンスがカノンを見上げ、それから少しだけ心配そうにセシリアを見た。

「痛かったよね……？」

「……うん」

「セシリアも痛かったと思う。だけど、お互いの痛みを感じることはできない。――けれど、暴力で誰かを思い通りにしようとしたら、あなたも同じ目に遭っても文句は言えないの。膝が痛む間、あなたがしたことの何が悪かったのか、よく考えて」

ハンスは肩を震わせ、母親は不服げにカノンを睨んだが皇帝の恋人に逆らうほど理性を失ってはいないらしく口は出さなかった。

カノンは母子から離れるとセシリアの手を握った。

「セシリア、セシリア……！」

泣きじゃくるノアを宥めていると、複数の足音が聞こえてきた。

近くの神殿から騒ぎを聞きつけた神官たちが来たらしい。

「これは、シャント伯爵」

大げさな口上を口にしようとするのを制止した。

「挨拶は不要です。――ひどい捻り方をしたし頭を打ったかもしれない。休ませてあげて」

神官たちは素直にカノンに従った。

孤児院の救護室があるというので、レヴィナスがくたりとした少女を抱き上げる。

神官らしき女性が、こちらです、と案内する。

「私の義弟だから、心配しないで」

不安げなノアにカノンが説明すると、少年は不承不承頷いた。

レヴィナスとカノン、それからロシェ・クルガはセシリアを連れて救護室に移動する。

ノアは孤児院の院長に呼び止められてその場に留まった。

「ロシェ・クルガ神官。セシリアの具合はどうですか？」

「ご安心ください。再度確認しましたがもう、どこも悪いところはないようです」

「ありがとう」

「私は、本人の治癒力を高めて傷を治します。ですので、体力を消耗したのでしょう。目が覚めて動けるようならば、心配はいりませんよ」

カノンは胸を撫で下ろす。

ロシェ・クルガを追ってきた神官も、笑顔でセシリアを見下ろした。

「傷が癒えて何よりです。伯爵が目をかけた孤児を粗末に扱うわけにはいきませんからね」

カノンは唇を噛んだ。その言い方だと、――頼んだのがカノンでなければ放置した、とも聞こえるが、考えすぎだろうか。

もやもやとした思いを抑えてカノンは沈黙するロシェ・クルガを振り返った。彼は子供たちに向けていた慈愛に満ちたものとは打って変わった冷めた視線を、女性神官に向けている。

カノンの視線に気づくと、瞬き一つしてすぐに穏やかな表情に戻った。

「ノアはどこにいますか？　セシリアの様子を伝えて安心させてあげたいのだけれど」

「あの少年は神殿から来た使者たちに色々と事情を聴かれていますよ」

カノンが扉の方角を見ると、小さなサイズに戻ったジェジェが入ってきた。霊獣はベッドで眠った少女の顔を覗き込むと顔をツンツンと前脚でつつき、その無事を確認する。

「神殿？　なぜですか」

「ノアを調べるためです」

「調べる？」

ロシェ・クルガは女性神官に目配せをした。彼女は畏まった様子で部屋を出ていく。

その背中を見送ってロシェ・クルガはおもむろに口を開いた。

「先ほど、ノアは魔力を暴走させたでしょう。魔力が高い、あの年代の子供には稀にあることですよ。特に、ああいった血筋の人間には」

「血筋？　ノアは孤児ですよ」

血筋はわからないのではないか、とカノンが戸惑っていると、レヴィナスが何かに気づいたように声をあげた。

「……そういえば、ノア君は……瞳の色が紫でしたね？」

レヴィナスの言葉に、ジェジェが、不機嫌な様子で尾を揺らし、カノンは息を呑む。

紫色の瞳を持つ人間は、魔力の素養が高いのだと歴史書で読んだことがある。

魔力が高い、その理由は……。

「古代人の血を引くから？」

「そうです、カノン様」

古代人。かつて大陸全土を支配していた異能を持つ人々だ。

彼らは銀色の髪に紫の瞳をしていたという。五百年前にトゥーラン皇国が建国される以前はこの土地の支配者だった。百年ほど前に多くが殲滅（せんめつ）され、今では少数の人々が息をひそめて大陸の端で暮らすのみ。トゥーラン人と古代人の血が混ざった今、紫色の瞳を持つものが必ずしも古代人のように魔力値が高い、とは限らないのだが……。

ゲームの中でも古代人の遺物は、レアアイテムとして重宝された。

「ノアは古代人の血が濃いのかもしれませんね。ジジェ様にはおわかりになりますか？」

レヴィナスがジジェに尋ねた。霊獣のジジェならば何かわかるかもしれない。

「僕、知らなーい。古代人なんか興味ないもーん」

気まぐれな猫はぷいっと顔を背けレヴィナスの頭の上に飛び乗った。

「わっ！　ぷ」

「動かないでよ、レヴィ！　あ、でもセシリアちゃんには魔力がないよ。ロシェ君、まさかこの子まで神殿に連れていったりしないよね？　僕、怒っちゃうから」

ロシェ・クルガは眼鏡を押し上げた。

「霊獣であるジェジェ様の意に反するようなことは致しません。そもそも、セシリアとノアは本当の姉弟ではないようですから、この子が古代人の血を引いていることはない。神殿が彼女まで拘束することはないでしょう」

「そうなの？」

それは意外だった。二人はとても仲が良さそうに見えるし、よく似ている。

「ええ、カノン様、孤児院の院長が言っていました。——亡くなったノアの実母が、セシリアを引き取ったようですね。ですからセシリアは『ただの孤児です』ご心配なさらず」

冷たい言い方にカノンは眉（まゆ）をひそめた。

ただの孤児にはまるで価値がない、と聞こえる。

「ノアを呼んできます」

カノンが立ち上がると、ロシェ・クルガも何も言わずに、カノンについてくる。

「義姉上、僕も行きましょう」

「ううん。レヴィはジェジェとセシリアの側にいてあげて」

ノアは客間にいる、と職員に教えられて行くと、椅子（いす）に座った神官たちが、ノアを目の前に立たせて話をしている最中だった。

「再度確認するが、今までに力を使ったことはない、と言うんだね、ノア？」

「あるもんか。あいつが、セシリアを虐めたから、腹が立って……！　でも、傷つけようだなんて思ってなかった。本当……です」

「擦り傷で済んだからよかったようなものの、あの子は貴族の御子息だ。貴族の方を傷つけたことを反省しなさい」

「先に手を出したのはあいつの方だ！　セシリアにひどいことを言って、突き飛ばした！」

「素直に本を渡せばよかったではないか。全くお前はいつも問題ばかり起こして……」

孤児院の院長も大きなため息をつき、ノアは傷ついたように目を大きく開く。

「とにかく、君は神殿に来てもらう。君のような子供は神殿で暮らすのが決まりだ」

「それがいいだろう、ノア。神殿に行けば衣食住に困ることはないだろうし」

「院長先生、……俺は神殿になんか行かない！　そんなこと俺は望んでない」

「君の意見がどうあれ、古代人の血を引く者はそうするのが慣例なんだ」

「古代人なんて知らない！　セシリアと離れて暮らすなんて嫌だ」

大人たちは聞き分けの悪いノアを責めるような目で見る。カノンは話に割って入ろうとして、少年の手に鎖がはめられていることに気がついた。

カノンの両腕にぶわ、と鳥肌が立ち、嫌悪感と共に怒りが湧（わ）いてきた。

幼い子に、なんてものを！

「何をしているのです、あなた方は。その枷（かせ）を今すぐ外しなさい」

「シャント伯爵……。これは、魔力を封じる枷です。ノアが誰も傷つけないように、――彼のための措置です」

「外しなさい。今すぐ。あなたの名前は？」

カノンが睨むと、神官はモゴモゴと口籠った。

「ノアに対してはあれほど饒舌だったのに、私の前では黙るのね？」

神官が俯く。その視線に混じった不服そうな光にカノンは気づいた。

――皇帝の権威を笠に着た小娘に詰られるのは年配の神官には不本意だろうが、カノンも引くわけにはいかない。

気まずい沈黙と硬直した空気の流れを破ったのは、ロシェ・クルガ神官の優美な動きだった。

カノンの背後にいた彼はノアに近寄ると少年の細い手首に手をかざし、あっさりとその枷を外した。魔力で拘束するタイプの枷だったらしい。

「ろ、ロシェ・クルガ神官。また魔力が暴走するやも……」

「その時は私が身を挺して防ぎましょう。ここは私に任せてください」

大人たちは、あからさまに安堵し部屋を立ち去った。唇を噛んでいたノアは、扉が閉まると小さな肩を震わせた。しかし、涙の膜が張ったままで、じっと泣くのを耐えている。

ロシェ・クルガは少年を椅子に座らせると、彼の前に跪いて優しく声をかけた。

「安心してほしい、ノア」

白い優美な手が、少年の髪を撫でる。――手袋を外したのね、とカノンはぼんやりと思う。

「お姉さんは無事だよ。怪我も私が治癒した。痕も、後遺症も残らない」

少年がぎゅうっと唇を噛み、ぽろぽろと涙が零れ落ちる。

カノンは無言で少年に近づき、背中を優しく叩いた。

「ノア。君は神殿に行きたくないかもしれないが、強い魔力を持つのに保護者がいない者は神殿か皇宮で暮らすのが決まりだ。暴走した時に止めなくてはならないからね」

「でも」

少年の反論を、神官が彼の唇に指を当てて、遮る。

「君の力は刃だ。使い方を誤れば人を傷つける。今日はたまたま、その刃が血を流さなかった。もしも君がそれを制御できずにいて、力の矛先がセシリアに向いてしまったら？」

姉の名前を出されて、ノアは沈黙した。

「それに神殿で地位を得れば、君は大好きなお姉さんの暮らしを援助することができるよ。……何も、悪いことばかりじゃない。どうしても嫌だったら私が助けてあげるから、今日はさっきの人たちと神殿に行きなさい」

「……セシリアが目を覚ました時、独りだと寂しがる……」

カノンは少年と目の高さを合わせた。

「セシリアには私が付き添うって約束する、ノア」

「本当に？」

「ええ、絶対よ。指切りする？」

少年はほんの少し笑って、コクン、と頷いた。

「それならば、行こうか」

ロシェ・クルガがノアの手を引く。

「神官様を……、信じます」

「神が君を正しい方向に導くだろう、ノア」

カノンはロシェ・クルガの台詞に既視感を覚えて二人を凝視した。

手を繋(つな)いだ大小二つの背中。この場面を見たことがある気がする。

ロシェ・クルガは扉の前に控えていた神官にノアを引き渡すと、カノンを見た。

「いかがなさいました、カノン様？」

「……いえ、少し、ぼうっとしてしまって。ロシェ・クルガ神官。あの……、さっきのは本当ですか？　ノアが嫌がったら、セシリアのもとに戻れますか」

神官はにこり、と綺麗で透明な笑顔を作った。

白い髪の毛がサラリと揺れる。

縁のない眼鏡に、白く美しい髪が不穏な陰影を落とす。ロシェ・クルガが立ち上がると神官服の長い袖(そで)がさらりと素っ気ない音を立てた。

「魔力を持った子供を神殿は常に欲しています。しかも、面倒な身内のいない子供ですから……手放すことは考えづらいですね」

カノンは眉を跳ね上げた。

「それでは、嘘をついたのですか」

「嘘ばかりではありません、カノン様。神殿に身を寄せることが身寄りのない子供にとって、苦境から抜け出す手段であることは間違いありません。――私もその一人です」

確かに、その通りだ。だが、とカノンは図書館での姉弟を思い出した。

「ノアはセシリアと一緒にいたいと望んでいます。二人きりの家族を引き離すなんて！」

神官は微笑む。駄々をこねる子供を諭すように、声に慈愛と哀れみを含ませた。

「ノアほどの魔力があれば遅かれ早かれこうなったでしょう。寂しいのは最初だけです。子供は新しい環境にすぐに順応します。それに、これはカノン様の望んだことでしょう？」

「私？」

あくまで柔らかに、神官は言葉を続ける。

「カノン様は善意で児童図書館をつくられました。その善意のおかげで彼らは閉ざされた小さな世界から、外と交わる機会を得た。これはカノン様が望んだことでしょう？」

「それは、そうですが……」

「おかげで、あの子供を神殿が発見して、保護することができました……素晴らしいことです。シャント伯爵の神殿への献身に、所属する者としてお礼を申し上げます」

──おまえのせいだろう、カノン・エッカルト。

口調は柔らかなのに、責められた気がしてカノンは知らずに胸を押さえた。

児童図書館などつくらなければ、階級が異なる子供たちの諍いはなかった。

ノアの暴走もなかったし、姉弟が引き離されようとしている今の事態もなかったはずだ。

カノンがロシェ・クルガを見上げると、優しい水色の瞳が眼鏡の奥で細められた。

明らかに皮肉だと気づいて、だが事実なので……立ち竦んでしまう。

「そう、ご心配なさらず。ノアも姉のことはすぐに忘れますよ。……子供ですから」

ロシェ・クルガにカノンは反論した。

「いくら子供でも、大切な人を忘れたりなんかしないわ」

ロシェ・クルガは小さく口の端を上げた。いつもの柔らかな微笑みではない。カノンの背中にぞくりと悪寒が走る。ヴァレリアの時と同じだ、とカノンは感じた。

──あの時と同じく、汚いものを見るような激しく熱い憎悪を涼し気な水色の瞳の奥に沈めて、神官はこちらを窺っている。

「二人は血縁的には赤の他人です。偶然出会った寂しい者同士が慰め合っただけ……偽物の家族の繋がりなどすぐに途切れます。私がそうでしたから」

「どういう意味です」

「私が孤児だというお話はしたでしょう？　神殿に引き取られる前、私は美しい母親と暮らしていました。血縁はありませんでしたが、私は母を愛していました——けれど、彼女は私に魔力があるとわかり神殿に私を売りました。私は短い期間悲しみましたが……すぐに忘れました。私を手放してくれた彼女には心から、感謝しています」

人形のように綺麗な笑みが作られたものに思えてならない。

「……お母様は、いま、どこに?」

カノンの問いは、空虚な笑みと沈黙に拒絶され、神官は一礼すると部屋を後にした。

この映像……その背中に、既視感を覚えて、カノンは身震いした。

カノンの脳裏にヒロイン・シャーロットの声と、映像が浮かぶ。同時にキリキリとこめかみが痛みだし、カノンは小さく呻いたが、そんなことにはお構いなしに、映像は古いフィルム映画を無理やり再生したかのようにザっ……ザっ……とノイズを挟みながら流れていく。

砂糖を塗したかのようなシャーロットの声がロシェ・クルガと対峙する。

(それは、どういう意味ですか、ロシェ様?)

(あなたには関係ないことです、シャーロット。どうか気になさらぬよう)

「色欲」の業を持つロシェ・クルガと、ゲームのヒロイン、シャーロットの会話だ。

ロシェ・クルガは乾いた声で言い放つ。

(人は簡単に裏切り、絆を忘れるものです。人と人を繋げるのは、お互いの利益と……快楽だけ。シャーロット、あなたはそれを知りたいですか？）

（やめてください！　ロシェ様っ？）

シャーロットが伸ばされた優雅な指を振り払う。

（冗談ですよ。……さあ、ハハ、ノア、行きましょう？）


カノンは頭を振った。頭痛が消えるのと同時に、映像も消えてしまう。

カノンは呆然と立ち尽くした。

思い出した！　あの少年が、誰なのか。

ロシェ・クルガの側には、いつも黒髪の少年が控えていた。

十三か、四のまだあどけなさの残る、黒髪の少年。ロシェ・クルガの崇拝者。

カノン・エッカルトを蛇蝎のごとく嫌い、そして、断頭台で処刑されるカノン・エッカルトを押さえつけた少年……。ゲームをプレイしていた時は、ロシェ・クルガは美女だけでなく美少年も囲うのか！　節操がないと非難していた己を思い出して頬を引きつらせる。

どうしてすぐに気づかなかったんだろう！　ノアは、あの少年に違いない。

「ノアまで、ゲームの登場人物だったなんて！」

ロシェ・クルガによる断頭台ルートを回避するべく動いていたはずが、かえって会わせるべきではない二人を出逢わせてしまった。

ミシリ、と。
断頭台へ向かう腐りかけた木製の階段が軋(きし)む音が聞こえる気がする。
カノンは呆然と、しばらくその場で立ち尽くした。

★第三章　色欲の業

「経緯は承知いたしました。カノン様」

ジェジェとレヴィナスと共に皇宮に帰り着くと、侍女姿のラウルが出迎えてくれた。

二人から話を聞いて、困惑したような表情を浮かべたラウルは、カノンとレヴィナスに挟まれ、ジェジェを不安げにギュウッと握りしめている少女を見つめている。

「その少女の弟が神殿に連れ去られた、と。それで、セシリア……だったかな彼女を皇宮で預かる、と。そうおっしゃるのですね、カノン様」

セシリアを一人にしないとカノンは約束したのだ。

しかし、カノンの部屋には皇帝も来る。さすがに一緒の部屋では暮らせない。

「侍女の一人として、しばらくの間いてもらったらだめかな？」

ラウルは渋面になった。

「お気持ちはわかりますが、侍女が不満に思うでしょう。ああ、考え違いをなさらないでください。出自は問題ではありません。侍女たちは教育を受けて選抜されカノン様のお側に仕えています。何の訓練も受けていない少女を特別扱いするのは侍女たちの士気に関わります」

ごもっともすぎて、ぐうの音も出ない。

「そうか、じゃあ仕方ないね、レヴィ。荷物をまとめるから少し待っていて」

「そうですね、義姉上。お待ちしています」

パージル伯爵家の姉弟の会話にラウルが慌てた。

「カノン様？」

「ラウル、無理を言ってごめんね。皇宮にセシリアを招くのは難しいだろうな、って私も思っていたの。だけど、ノアにセシリアを一人にしないって約束したし、しばらくパージル家の皇都の別邸に戻ってそこから通おうかな、って」

「れ、レヴィナス様のお宅にですか？」

レヴィナスは学生だが、事業に成功し、最近小さいながらも美しい屋敷を買った。

「狭いですが、五部屋くらいはありますから。義姉上もセシリアも快適に過ごせるかと。市場で何か買って帰りましょう。たまには市井で暮らしてみるのもいいですよ」

上機嫌なレヴィナスと対照的に、ラウルは眉間の皺をくっきりと深くした。

「……。前言を撤回いたします。私が些か、狭量でございました、カノン様。セシリアにも皇宮にいてもらいましょう。侍女は無理ですが皇宮に仕事はいくらでもございます」

「いいの⁉」

カノンは喜び、レヴィナスは残念だなと肩を落とした。

ラウルが小さく舌打ちし、レヴィナスに小声で抗議する。

「わざとらしい。あなたとカノン様を二人きりになんてできませんよ」

「姉弟の絆を深めて何が悪いのか、さっぱりわからないな」

「……弟なら、それらしく振る舞っていただきたい……！」

パージル伯爵代理は姉に見えない角度で小さく舌を出した。

「あ、あの……」

大人のやりとりを部屋の隅で見守っていたセシリアが、恐るおそる口を開く。

「私、お掃除もお洗濯も何でも得意です。力仕事もできます。朝から晩まで働いても平気です。ご飯も一食いただけたら頑張れます。眠るところも物置とかの隅をもらえたら、そこで寝ます。ですから、お願いです。下働きをしながら皇宮で弟を待たせてもらえませんか!!」

ラウルは華奢というよりも痩せた少女を眺め深くため息をついた。

「子供を劣悪な環境でこき使ったりは、いたしません。ちゃんと部屋も用意します。仕事はそうですね……」

ラウルは、セシリアの腕の中でのほほんと尻尾を振っている毛玉を見た。

居心地がいいのか、機嫌良くごろごろと喉を鳴らしている。

「セシリア。君にぴったりかつ、皇宮でも大事な任務がある。責任重大な任務だが、引き受けてくれるだろうか？」

「……はい！　何でもやります！」

「念のため聞きますが、君は猫が好きか？」

「猫ちゃん？　大好きです」

「ならば、よかった」

ラウルはぱん、と手を打って侍女を呼び、セシリアとジェジェを別室に案内させる。

それからカノンを振り返った。

「ジェジェ様が最近、とみに丸くなられた、と皇太后陛下が非常に嘆いておいでです。セシリアにはジェジェと遊んで……、もとい、運動させる役目を担ってもらいましょう。どこに住むかは私に差配させてください。……ということでいかがでしょう？」

「それでいいわ。ありがとう、ラウル」

カノンとレヴィナスは顔を見合わせて、ホッと胸を撫で下ろした。

レヴィナスは、ほっとしたカノンを満足げに眺めた。

「義姉上。僕はこれで失礼します――お具合が悪そうでしたが大丈夫ですか？」

カノンは先ほど浮かんだ映像を思い出して頭を抱えたくなったが無理やり微笑んだ。

「うん、大丈夫。今日はありがとうね、レヴィ。一緒にいてくれて心強かったわ」

「いつでも気軽に呼んでください」

優しい義弟はカノンの頬に軽くキスをして、では、と皇宮を退出する。ラウルは何か言いたそうだったのをこらえて義弟を宮の門まで見送りに行った。

自分以外いなくなった部屋で、カノンは脱力した。

今日の出来事を改めて思い返し、深くため息をつく。

「ひょっとして、ゲームの中でカノン・エッカルトがノアに恨まれた理由って、カノンがセシリアに危害を加えたからだったのかな。まさかノアも関係者、だったなんて」

ゲームの強制力に恐れ入る。回避しようと思っても、必ず攻略対象とカノンは出会うし、攻略対象も関連する人物と出会うらしい。

ノアは攻略対象ではないから、ゲームの「カノン・エッカルト」が何をしでかして、あの少年に憎まれたのかまではわからない。ゲームの中でカノン・エッカルトを恨んだ様子だったノアとロシェ・クルガを一緒にしておくのは危険だ……。

それに、とカノンはセシリアの健気（けなげ）な態度を思い出した。

保身に走りたいが、同時に純粋に仲のいい姉弟を引き離して不幸にはしたくない。

「どうしたらいいのかな。神殿はノアを引き取りたいみたいだったし。ロシェ・クルガはノアが神殿に行くのに賛成みたいだし……」

ロシェ・クルガはカノンの侍女を誑（たら）し込んで……、何をたくらんでいるのだろう。

「色欲のロシェ・クルガ、か」

清廉潔白（せいれんけっぱく）な表向きの顔とは異なり出世のために女性たちを篭絡（ろうらく）するキャラだ。

「そもそもどうして、そんな性格になったのかな」

過去に出会った攻略対象のうち二人……、元婚約者のオスカーが傲慢になったのも、タミシュ大公が怠惰になったのも、過去のトラウマに原因があった。

皇宮図書館には秘密の地下室がある。カノンは二人のトラウマの原因を皇宮図書館の地下室に置かれた魔術書の紡ぎ出した映像で「見た」。

カノンしか入れないその地下室には、七つの大罪を持つ攻略対象について描かれた本がなぜかポツン、と置かれているのだ。

しかもその部屋の配置はゲームのセーブポイント画面に酷似している。以前行った時は、色欲の本は開くことさえできなかったが、ロシェ・クルガと出会った今なら本を読むことができるかもしれない。

「地下室に、行ってみるしかないかな」

地下室に入る条件はおそらく、二つ。カノンが攻略対象に会っている必要がある。

さらに、カノンは皇宮図書館に攻略対象の誰かと一緒に存在しなければならない。

レヴィナスを誘って訪問しようと思ったのだが、翌朝カノンの部屋に現れたルーカスが今日の予定を聞いて、自分が同行する、と言い出した。

『ルカ様は、お忙しいのでは?』

ルーカスの背後に控えるキリアンの眉間の皺を見ながら尋ねたが、皇帝は鼻で笑った。

『俺にも息抜きが必要だ』

思えばルーカスとの再会も図書館で、彼は夜勤で疲れた、と寝ていたのだった。図書館は彼にとっても（カノンとは別の意味で）過ごしやすい場所なのだろう。カノンはありがたくルーカスの同行を受け入れることにした。

「私は本を探しに行きますけれど、ルカ様は……聞くまでもないですね」

皇宮図書館に到着してからルーカスに尋ねると、皇帝はソファにゴロリと横になっていた。

「探したい本があるのだろう？　用事を済ませるまで俺はここで休んでいる」

図書館は眠るところじゃありません！　と注意したいところだが、眠そうなので今日は見逃(みのが)してあげることにした。

「なるべく早く戻ってきますから、大人(おとな)しく待っていてくださいね」

ルーカスがひらひらと手を振るのを見届け、カノンは、地下室に足を向けた。

古代人とは何か、ということについても調べたいがそれは後回しにして、ひとまず魔術書を探しに行くことにする。

地下室付近にいくと、カノンが一人で図書館に来ても決して見えない階段が姿を現す。

攻略対象のルーカスと共に来たことで条件がそろったのだろう。

どういう仕組みなのか不思議に思いながら、そろそろとカノンが足を踏み入れた地下室は相変わらずがらんとしていた。木の机に、椅子(いす)。古びた木製の本棚しかない殺風景な部屋に不釣り合いな大きな本が七冊だけ無造作に置かれている。

――魔術書だ。

ヒロイン・シャーロットがゲーム中図書館で休憩する小部屋とそっくりなこの地下室には、攻略対象の七つの罪を記載した魔術書がある。

ゲームでの攻略の履歴(セーブ・データ)はこの小部屋に置かれた魔術書に刻まれるのだ。

カノンは「傲慢なるオスカー・フォン・ディアドラ」の魔術書を開く。

シャーロットと結ばれたオスカーの魔術書は、魔力を失いただの紙の本になっている。

最後のページには、「シャーロットとオスカーは、婚約し、これからも幸せに暮らすだろう。おそらく」と書かれている。本の最後には、「エンド」の文字が記載されている。

彼は今、領地の外れでカノンの異母妹シャーロットと新婚生活を楽しく送っている、と思う、多分。二度と関わりたくないのでそう願いたい。

傲慢の魔術書の隣にはタミシュ大公ベイリュートについて記された「怠惰」の本があり、そちらはほんのりと光りまだ魔力を失っていないように見える。手に取ると、ベイリュートが美女に囲まれて気だるげにグラスを呷(あお)る姿が映し出されカノンは無言で本を閉じた。

「不要な覗(のぞ)き見は良くないよね」

――相変わらず、楽しそうで何よりだ。まだ魔術書のままということはベイリュートもまた出てくるのだろうか……。

嫉妬(しっと)の大罪を持つレヴィナスの本は、何やら手に取ってほしげにちかちかと光を放ってカノンの目線の高さに浮いて、くるりと回転して見せたが、カノンは慌てて本棚に戻した。

「駄目よ。あなたを見るわけにはいかないわ。義弟の心の中だもの……。何を考えているのか、気になるけど……きっとレヴィナスは嫌がると思うの。プライバシーは尊重しなきゃ」

物言わぬ本が、なんだか悲しそうにシュン、と光を消して本棚に戻った。

ごめんね、と背表紙を撫でる。

読んでほしそうなレヴィナスの本とは対照的なのが、隣の「憤怒」の本だ。

憤怒、の業を持つルーカスの本は相変わらず光るけれども、開くことができない。

ルーカスの本を開くことができたのは一度だけ、少年だったルーカスが部下を傷つけられて憤っていた場面を映した時のみ、だ。

「……あなたは私に読んでほしくないのね」

ルーカスはカノンに気さくに接してくれるけれども、これが彼の本心なのかもしれない、と考えてしまう。憤怒を司る皇帝だが彼が誰かに向かって怒っているのは見たことがない。飄々（ひょうひょう）として感情の起伏は激しくない人だ。――誰にも心を開かず、静かに怒っている。カノンでは彼の心に抱えたものを解くことは難しいのかもしれない。

暗い思考に引きずられそうになり、カノンはぶんぶんと首を振った。

「今は、ルカ様のことは考えない！」

残った魔術書は三冊。色欲、強欲、暴食だ。

ぴょん、と強欲の本が踊り出てきたので、カノンは驚愕しつつも反射的に本を棚に戻す。強欲は流浪の傭兵王の業。できれば読みたくないし一生関わりたくない。それに、まだ傭兵王には会っていないはずなのになぜ読まれようとするのだろう。

カノンがその隣にあった色欲の本を手に取ると、本が青く光り始めた。

「ロシェ・クルガ。あなたのことを教えてくれる？」

本は何かを迷うかのように明度を上げたり下げたりしていたが、本の背表紙を撫でると、何かを諦めたかのようにパラパラとページがめくられる。

(色欲の業を持つ、ロシェ・クルガ。……元々はただの、ロシェ)

本の上に映像が浮かぶと思ったのに、カノンの背後から静かな声が聞こえてきて、カノンはびくりと肩を震わせた。

振り返ると、白いフードを目深に被った半透明の女性が立っていた。フードのせいで表情は窺えない。白が基調のゆったりとしたその服は、神殿関係者のようだが……。

「ここ……は、どこ？」

カノンはあたりを見回した。

薄暗い路地裏にいるようだ。塗装されていない道の端は虚ろな目をした幾人かの人間が力なく座り込んでいる。

酸っぱい臭い(にお)がしてカノンは口元を袖(そで)で覆った。

奇妙なのは、ここが色のない世界だ、ということだった。古い映画のように、白と黒で構成された静かな世界で、登場人物もまるでコマ送りされているかのようにゆっくりと動いている。

（首都の路地裏ですよ。力なき者はここに捨てられて、神がお救いくださる時を漫然と待つしかない。寄り添うのは死神かもしれませんが）

女性が悲しげに言う。

「あなたは？」

カノンが問うと、女性は平坦(へいたん)な声で答えた。

（私は記憶の残骸(ざんがい)……ただの記録。記憶の狭間で遊ぶ案内人……。迷い子よ、あなたは誰？

なぜあなたは揺蕩(たゆた)う記憶を暴こうとするのです）

「私は……」

カノン、と口にするのは危険な気がする。

名前は呪詛(じゅそ)にも使用される。それをこの場所で明かした時に何が起こるかわからない。

「傍観者よ。迷い込んだ、傍観者」

カノンの答えにさして興味がなさそうに視線を外すと、彼女は路地裏に踏み出した。

「あっ……………」

たん、と彼女が足を踏み出した途端に視界に色が戻り、ザワザワと音が聞こえる。

大通りの活気が路地裏に漏れ聞こえる。商店が並ぶ区画に近いのかもしれない。

先ほどの女性が目覚めたかのように動き出す。つい先ほどまで人形のように白かった頬には朱が差して、生気に満ちている。

『ロシエ！　どこにいるの、ロシエ！』

「ちょ、ちょっと待って！」

カノンは彼女を追いかけて手を伸ばすも、スッ、と彼女の身体をすり抜けた。

ふと見れば、路地裏にある小さな家の窓にもカノンは映らない。

ここが記憶の狭間だと言うのならば、カノンはそこに迷い込んだのかもしれない。

『ロシエ、一体どこに行ったのかしら、あの子は！』

『かあさん！』

狼狽える女性の前に、小さな影が笑いながらまろびでて、ぽふ、と女性に抱きつく。

『……見つけてくれるのが、遅いよ！』

子供は顔を上げた。着ている服も粗末で薄汚れてはいたが、ふわふわと柔らかな乳白色の髪と、透き通った水色の瞳は変わっていない。

ロシエだ、とカノンは確信する。

映像を見るだけのはずが、どうやら本の中に入り込んでいる。

どうしてなのかわからないが、カノンは二人の姿を見守ることにした。

『孤児院から出ては駄目よ。外は危ないことばかりなのだから』

『どうして、危ないの？』

『お城で偉い方々が、相次いでお亡くなりになったから、情勢が……。いえ、みんな不安なのよ。とにかく、一人で薄暗いところを出歩いてはダメよ、ロシェ』

『前はここみたいな路地裏に住んでいたじゃない、母さん』

『……今は違うのよ、ロシェ』

『孤児院はつまらないよ。母さんと話している時だけが一番楽しい。ねえ、孤児院を出ようよ。前みたいに二人で暮らしたいんだ』

白髪を母さんと呼ばれた女性が撫で、壊れやすいものを扱うように、そっと抱きしめる。

『中央区の孤児院には偉い方々もたくさんお見えになる。ロシェのように――――で、賢い子供はきっと神殿の人たちの目に留まるわ。あなたはちゃんと教育を受けて、幸せになれる』

女性の声が一部聞こえずにカノンは二人に近づいてみた。

二人がカノンに気づく様子はない。

『神様の教えは好きだよ。優しい言葉がたくさんあるから』

『ロシェはきっと偉い神官様になれるわ。たくさんの人を救う、素晴らしい神官に』

親子は幸福そうに見えた。

あっという間に夜が更け、小さなロシェの胸をぽん、ぽんと規則的に手で叩(たた)きながら、女性は細い声で歌う。聞き慣れない言語だが、優しい響きの歌だ。

「子守唄(うた)……綺麗(きれい)な声ね」

カノンは女性の隣に立って少年を見下ろしたが二人はカノンの気配に気づく様子もない。

安らかな寝息を立てるロシェを、女性は愛(いと)おしげに見つめている。

カノンは、彼女の瞳が紫色をしていることに気づいた。……ひょっとして、彼女も古代人の血を引くのだろうか。

ザッと世界が雑音と共に揺れ、カノンが目を瞑(つむ)って耳を塞(ふさ)いだ数瞬の間に、風景が変わる。

『嫌だ!!　どうして僕が神殿に行かなくちゃいけないんだ』

『ロシェ・クルガ。諦めなさい。君のような身寄りのない、才能がある子供は神殿に引き取られる決まりなんだよ』

『じゃあ、母さんはどこ!　僕は母さんと一緒じゃないと神殿になんか行かない』

『あの女性は東区に戻った。彼女は君だけの母さんじゃない。……忘れなさい』

神殿の一室で真新しい神官服に身を包んだロシェ・クルガは泣きながら扉を叩く。

青年神官の横顔に、カノンは覚えがある。誰だったろうか……。

彼は小馬鹿(こばか)にしたように少年を一瞥(いちべつ)すると、部下に命じて小さなロシェを拘束(こうそく)してその手に枷(かせ)をつけた。ノアの時と同じ光景にカノンは唇を噛(か)む。

映像はまたノイズとともに切り変わり、眼前に半裸で鞭打たれたロシェの姿が現れてカノンは息を呑む。介抱したいが、ここでは実体のないカノンは少年に触れることすらできない。

「誰かいないの？　このままだとロシェが死んでしまう」

大人になったロシェは生きている。だから彼はここで死なないとわかっていてもあまりに可哀そうだ。カノンが狼狽えて周囲を見渡すと、神官に先導されて妙齢の美しい夫人が現れた。

『嗚呼可哀そうなこと。この少年を手当してしてあげなさい。特に顔は念入りにね。……傷など残っては惜しいもの』

『承知いたしました、伯爵夫人』

彼女は少年を手当てして綺麗に着飾ると、満足げに眺めた。

『思った通り！　本当に綺麗なお人形。お前は私の横で私に従って、聖書を読んでいればいいのよ？　わかったわね、お人形ちゃん』

『……僕は人形じゃない……！』

ロシェの反論を、貴族の女は黙殺した。

『さあ、お読み。美しい顔で美しい声で私の枕元で神の言葉を、音楽のように紡ぐがいい』

『……意味のない言葉を語りたくなんかない！　誰も聞いていないのにっ！』

仮面を被った大人たちがロシェに聖書を押しつけて読ませる。何人も何人も……着飾った仮面の男女が通り過ぎ嫌がるロシェに無遠慮に触れて、笑いながら去っていく。

成長したロシェ少年は、神官服が汚れるのも構わずに、部屋の隅で嘔吐した。

『具合が悪そうだな。ロシェ・クルガ神官。次の予定まで時間がない。さあ、着替えて支度を……君は君の仕事をしなさい。貴族の皆様を慰めるのだ』

ロシェ・クルガに手枷をはめた青年神官が冷たい表情で言い渡す。

『嫌だ。あいつらは神の言葉なんか聞いていないのに。僕が行く必要なんか、ないじゃないか。僕が神殿に来たのは神の教えを学ぶためで奴らを楽しませるためじゃや！　ないっ！』

『内容ではなく、語るのがお前の美しい顔と声だということに意味があるんだよ、ロシェ』

男が指で印を結ぶ。

『ぐあ……っ』

途端にロシェ・クルガの額に紋様が浮かび上がり、額を押さえてのたうち回る。

青年神官は床に転がった少年を軽く蹴って冷たく言い放った。

『誓約がある限り、おまえは私に逆らえない。私の導くまま、神を讃える道をまい進しなさい』

「非道だわ！　聖職者のすることではないでしょう！」

カノンは男を非難し……、彼が誰か、ようやく気づく。

若いが、役者のように端正な顔はポディムに違いない。

『神の教えを広めるのは我らの使命だとも。だが、それには資金がいる。君のような子供が寄付を集めるのも重要なことだ。なあ、ロシェ』

男の言葉は、毒だ。ロシェ・クルガの身体にひたひたと染み込む。

『君は、そのために、あの女に金貨五十枚で売られたんだ』

『……きんか？』

どろりした何かが頭から爪先まで、ロシェをひたしていく。

のろのろと顔を上げたロシェ・クルガの顎を掴んで、男は鼻で笑った。

『君が母さんと呼んで慕っていたあの女……名前は何だったか。二度と君には会うなと言ったら、その対価として金銭を要求してきてね』

『う、嘘だ……そんなの、絶対に嘘だっ！』

少年が真っ白な光に包まれて、ロシェ・クルガも、その破片も消えていく。

――カノンはきつく、目を閉じた。


「カノン。……カノン、聞こえるか」

遠くから、声が聞こえる。

「……あれ？　ルカ様？」

カノンは薄目を開けた。目の前に、見慣れた男の顔がある。

「あれ、ではない」

呆(あき)れた声にカノンは、ここはどこだろう、と首を捻(ひね)って、先ほどまでのことを思い出す。

「……あっ！　魔術書は……」

色欲の魔術書を読んでいたはずなのに、いつの間にか地下室から追い出されてしまっている。

手に持っていたはずの魔術書は消え、見覚えのない本が手の中にあった。

カノンは慌てて半身を起こして、急激に眩暈(めまい)を感じてまた後ろに倒れ込んだ。

「危ない。急に動くな。姫君」

気づけば、ルーカスの腕の中にすっぽりと収まっている。

「これはどういう状況でしょう……私は、どうして」

しっ、とルーカスが口元に指を当ててきたので、カノンは黙る。

「戻りが遅いから探しに来てみれば、ここで倒れていた」

時刻を見ればルーカスと別れてから、二時間ほどは経過している。

「ご、ごめんなさい。そんなに時間が経(た)っていたとは思わなくて――」

「何をしていた？」

ルーカスの視線が険しい。カノンは自分の手の中を見た。「色欲」の本はない。

「……魔術書を読んでいたんです。おそらくその本の中に入り込んでいたのだと思うのですけれど。まるで観劇でもしているみたいに……内容を体感していて」

カノンは口籠(ごも)った。本は今ここにはないのだから説明が難しい。

「私はもう一冊、本を持っていなかったでしょうか」

ルーカスはじっと黙っていたが、カノンの額と手首に指で触れてしばし、考え込んだ。

「その本は禁書の類ではないのか？　俺が姫君を発見した時にはなかったぞ」

「発見って。人を死体みたいに言わないでください、ルカ様」

「……一瞬、死んでいるのかと思った」

カノンはまさか！　と苦笑したが、ルーカスが少しも笑わないので、笑顔を引っ込めた。

色欲の魔術書が見せた過去の中で、「母さん」が言っていたことを思い出す。

（お城で偉い方々が、相次いでお亡くなりになったから……）

あれは、ルーカスの少年時代の不幸を示唆しているのかもしれない。ルーカスが少年だった時代、彼の両親は相次いで急死し周囲の人間も政争で次々に傷つけられたと聞く。倒れたカノンがその当時のことを思い出させたとしたら、申し訳ない。

「そう簡単には死にません。せっかく図書館の館長職を手にしたのに。早死にするなんてもったいないことはしませんから」

「憎まれ口を叩ける程度には元気があって安心した。だが、——そこは俺を遺して死にたくないとか、一人にはしません、とか可愛らしいことを言うべきだな」

軽口を叩くと、ルーカスの緊張した面持ちが少し和らぐ。

カノンもようやく、息を吐いた。

「ルカ様」

「うん？」

「心配をかけて、ごめんなさい」

「まったくだ」

素直に謝ると、ルーカスはとカノンを小突き、難なくカノンを持ち上げる。

「きゃっ。ええと、ルカ様、大丈夫です！　自分で歩けます」

「ふぅん？」

なら歩け、とルーカスが立たせてくれる。

大丈夫です、と二、三歩歩いたところでカノンはへろへろとそのまま前向きに崩れ落ちた。

「……誰が大丈夫だと？」

「……撤回します……」

「姫君は軽いな。もう少し食べろ」

間近で覗き込まれてカノンは俯いた。聞き分けのない子供に言い聞かせるみたいな口調に申し訳なさが募る。皇帝はカノンを抱き上げると転移用の鏡を使い彼の執務室へ転移した。

「陛下！　伯爵。いかがなさいました？」

突如として現れたルーカスと、その腕の中に収まるカノンの様子にシュートが慌てる。

「カノン・エッカルトが体調不良だ。侍医を呼べ」

ルーカスが指示をして、カノンはあっという間に自室のベッド送りになってしまった。

「大げさです……」

すっぽりと寝具に包まれてぼやくと、ベッドサイドに腰かけたルーカスが片眉を上げた。

「大げさなものか。姫君は今、魔力が枯渇している」

カノンが驚くと、ルーカスは半眼になった。

「気づいていなかったのか」

魔術書を開くには魔力が必要だ。その本が強ければ強いほど、読み手の魔力は消費される。

カノンが起き上がれなかったのも、「色欲の本」がカノンの魔力を奪ったせいだったらしい。

「どんな魔術書を開いたか知らないが。今度その魔術書を見つけても不用意に開くのはやめておけ。いくら姫君が本好きでも、本に自分を食わせては、世話はない」

言い返す言葉がないので、ぐう、とカノンが黙り込んだ。

「それに、この本はどうした？」

「本？」

ルーカスがカノンのベッドサイドを指し示す。

「姫君が倒れている時に、後生大事に抱いていたその本だ」

地下室から出た時に、カノンが「色欲」の魔術書の代わりに握りしめていたものらしい。

「……魔術書でしょうか……」

ルーカスがぱらぱらとめくるが、本は仄かに光るだけで、何も映しはしない。

「魔力は感じるが、何も術は発動しないな——何か条件があるのかもしれん」

「……発動、条件」

図書館の地下室に入れる条件は、おそらく攻略対象と図書館に行くことだろう。何かの条件が整えば発動する魔法はある。では、この本の発動条件はなんだろうか、とカノンが魔術書を見ていると、ルーカスの手が本を取り上げた。

「研究熱心なのは結構だが、今はやめておけ」

ルーカスはカノンの手を握り込む。

「——しばらくこうしていろ。魔力を分けてやる」

「わざわざ、手を繋いでいただかなくても……。その、他の方法でも」

公の場で手を繋ぐことも多いが、近くにいて手を握られるのはちょっと照れる。カノンが少し赤くなりつつ提案すると、ルーカスはなぜか、はあ、っと大きくため息をついた。

「他に手っ取り早い方法もあるが、まあ、それは——姫君には早い」

「早い？　何か資格のようなものが必要ですか？　それとも鍛錬が？」

ルーカスは眉間に皺を寄せた。

「鍛錬がいると言えば、いるが……。これが一番穏便だと言っている。——まあ、大人しく俺に介抱されていろ」

はあ、とカノンは釈然としないまま頷く。

「……ルカ様はお忙しいのでは？」

「恋人の体調不良より優先すべき仕事など、何もないが？」

それが何か？　と涼しい顔で断言され、カノンはずるずると寝具に潜り込んだ。……だから、そういう甘やかすようなことをサラリと言わないでほしい。慣れていないのだ。

繋いだ手から、じわりと温かい何かが流れ込んでくる感触がして、カノンは身じろいだ。

何かこれは……、非常に落ち着かない感触だ。

カノンの動揺をひとの悪い皇帝は面白がった。空いた手が優しく髪を撫でる。

「お望みなら子守唄まで歌ってやるから、早く眠れ」

ごゆっくりなさってくださいませ、と気を利かせて侍女たちが部屋を退出していく。

「嫌です。だって、ルカ様、歌は下手（へた）じゃないですか……」

カノンは照れ隠しで、反論した。耳が熱いのできっと顔も赤いはずだ。

「そうでもない。姫君に馬鹿にされたあとに訓練したからな」

絶対に嘘だろうが、子守唄を練習するルーカスを想像し、カノンは小さく吹き出した。

「色々調べているうちに夢中になってしまったようです。あまり根を詰めないようにします」

「そうしてくれ。それで、何を調べていたんだ？」

素直に色欲の大罪について、などと言っても、頭がいよいよおかしくなったと思われるだけだ。カノンはもう一つの調べものについて、口にした。

「古代人について調べようと思ったんです」

「ああ——先日児童図書館で会ったという姉弟のことか」

首を突っ込むなと言われるかと思ったが、ルーカスはふむ、と顎に手を当てた。

「古代人は——千年以上前にはこの大陸の支配層だった人種だな」

強大な魔力を持ち、魔道具や魔術書を作った人々。大陸には彼らの遺物や技術が多く残されているが、すべての使い方が明らかになっているわけではない。彼らが今も権勢を誇っていれば魔法についての理解もいまよりずっと進んでいただろう。

「六百年ほど前に古代人と我々トゥーラン人との間に生まれた一人の男が、圧政に耐えかねて仲間を募り、彼らの国を滅ぼした。それがこの皇国の始まりだ」

「……ルカ様、今……さらりとすごいことを暴露しませんでしたか……」

トゥーラン皇国を興したのは神がつくった青年なのだと教義には記されている。

神話を現実として妄信的に信じる信徒はさすがに希少だが、始祖の血筋が古代人だったとは貴族のカノンでも知らなかった。

「皇国の始祖が神がつくったものではなくただの人間だった、などと言うと神殿に首を狙われるからな。だから、皇族の人間は魔力が強い」

なるほど、とカノンは納得する。

ルーカスは剣士としても実力はあるが、強大な魔力を有している。二拠点間に魔道具があれば空間を転移できるし、物を亜空間に収納することもできる。

皇族の傍系の母を持つカノンは、習ったことがないので魔法は使えないが、魔術書や魔道具が使えなかったことはない。

高位貴族は魔力があるのが普通で、レヴィナスも魔術書は読める。高位貴族出身でラウルやミアシャのように全く魔力がない、という者のほうが珍しいかもしれない。

「古代人が滅びたのは繁殖能力の低さからだ。魔力の濃さにこだわるあまりに同族婚を繰り返したからだとも、男にばかり奇妙な病が流行ったからだとも言われているが……国を滅ぼされてから百年も経つ頃には人口を半分に減らして、皇国の西の森に住んでいた」

更に時は流れて数百年も経つと彼らは土地の人々と婚姻を繰り返し、徐々にトゥーラン皇国の民と同化した。

「百年前には純血の古代人は数十人にも満たなかった、と聞くな」

数が減ったこともあり、古代人はもはや脅威とは見なされず、一種の特権階級のような一族として爵位も与えられていたらしい。

「先々代の皇帝……、俺の曾祖父の頃だが古代人の一族の一人が曾祖父の命を狙った」

時の皇帝は一命を取り留めたものの激怒し、古代人の一族を殲滅し、さらには彼らの血を引く者を公職から追放することを決めた。

「そもそも皇族も古代人の血を引くのに、おかしなものだが」

古代人の末裔たちは己の血筋を必死に隠したらしい。

神殿も皇族の機嫌を取るために、各地で古代人の迫害を行った。裏ではその魔力の高さを重宝しているのだから呆れるが……。十年前に古代人を迫害する法はルーカスによって撤廃され、神殿は大っぴらに古代人を保護するようになった、というわけだ。

「神殿は、古代人の末裔が持つ特殊な能力をありがたがる。その子供は神殿がいずれ見つけていただろうから、姫君が気に病むことではない」

カノンは寂しげなノアの横顔を思い浮かべた。

「神殿で学ぶのも、ノアにとっては悪いことではないようにも思うんです……けれど、仲の良い姉弟を引き裂くのは可哀そうで」

「お人好しだな。その子供に保護者がいれば神殿には行かなくて済むのだが」

ルーカスはやれやれと肩を竦めた。

「母親は亡くなったらしいが、父親は？」

「わかりません……」

「何なら俺の隠し子ということにして、引き取ってもいいぞ？」

思わぬ言葉にカノンは勢いよく半身を起こした。

「ルカ様……！　まさか、身に覚えがあるんですか!?」

古代人の血を引く美しい美女とのロマンスが過去にあったのだろうか、とカノンがルーカスを凝視すると、ルーカスは斜め上を向いて考え始めた。

「俺が……十四、五の時の子供か……？　身に覚えは……ない……な」

「どうして声が小さくなるんですか、陛下？」

少年時代に何があったの？　とカノンが戦慄くと、「冗談だ」とルーカスは憮然とした。

「俺の少年時代は清廉潔白を絵に描いたようなものだったとも」

「どうしてそんなに心が籠っていないんですか、ルカ様……怪しい……」

「馬鹿を言うな。シュートにはしごかれ、教師には山ほど宿題を出され、毎日疲弊して泣いていたぞ。色恋にうつつを抜かす時間があるなら寝ていた」

ルーカスはしれっと嘘をつくので、いまいち信じがたいが、それなりに大変で充実した少年時代ではあったのかもしれない。

……あの神官とは違って。

「ともかく、今日はゆっくり休め。いいな？」

「……はい」

――魔術書が見せたロシェ・クルガの過去をちらり、と思い返しながら、カノンはルーカスの意外なほど温かい指を握り返しながらとろとろと眠りに落ちた。

◆◆

闇の中で、誰かが囁く。

──金貨五十枚で買われたのだ。おまえは。

──その恩を、神殿に還すがいい。

『たかだか金貨五十枚のことをいつまで言うつもりだ？　私が今までどれだけの利益を神殿に生み出したと思う！　その何百倍も貢献しただろう』

光が差さぬ場所で、ロシェ・クルガは苛立たしげに、次々に伸びてくる手を払った。手袋で覆われた華奢な指で触れられるたび、自分の皮膚に妄執がこびりつく気がして、気味が悪い。放せ、と手を払う。その中に紫色の瞳が交ざっていたような気がしてロシェ・クルガは一瞬手を伸ばす。……途端に、女たちの群れは霧散した。

「夢、か」

神殿の一画に与えられた執務室の椅子で、ロシェ・クルガはゆっくりと目を開いた。

いつもは夢など見ないのに、と軽く舌打ちして、外していた眼鏡をかける。

視界と共に意識が明瞭になりロシェ・クルガは立ち上がって前髪をかき上げた。

母親と……、神殿に来た時のこと。面白くもないことを、夢に見た。

最近忙しかったせいだろうと眉間の皺を親指の腹で押していると、コンコン、と控えめに扉がノックされた。時計を見れば、日付は変わったばかり。

この時間に誰かが訪れるのは珍しい。ろくでもないことではなければいいが。

「どうかしましたか」

ロシェ・クルガが問いかけると、年若い神官見習いが入ってきた。

「ロシェ・クルガ神官には報告しなくてよいとポディム聖官に言われたのですが」

「あなたがわざわざ報せてくれたことは秘密にしますよ」

微笑むと、見習い神官は頬を赤らめた。

――純朴で扱いやすく、おおいに結構だ。

彼は、ロシェ・クルガが連れてきたノアの状況を報告し始めた。古代人の血を引き、強い魔力を持った少年だ。その魔力を幸運にも暴走させたことで神殿に引き取られた子供。

「ひどい高熱で、昨日から何も食べないのです」

「食べるのを拒否していると？」

「いえ、食べても、吐いてしまうのです。ポディム聖官は古代人の力が暴走しては危ないので地下牢（ろう）から出すな、とおっしゃるのですが……」

確かに地下室は魔力を封じ込める処置がしてあるとはいえ、ひどく冷える。小さな体には堪（こた）えるだろう。姉と引き離されたことがよほどショックだったのか。

「聖官の古代人嫌いは存じていますが、年端のいかない子供にまで辛（つら）く当たらずとも……」

「ここにいらっしゃらない方への陰口は感心しませんよ」

ロシェ・クルガが微笑むと、青年は慌てて口を閉じた。

注意はしたものの、ロシェ・クルガもポディムの選民意識の高さには正直なところ、辟易している。古代人の血を引く者を神殿に有益だと酷使するくせに、彼は己と同じく貴族階級出身の者しか同等の人間だと見なしていないフシがある。

「……私が行きましょう」

ロシェ・クルガは外套を羽織り、部屋を出た。

あの哀れな子供に家族など忘れてしまえ、と言い聞かせる必要がありそうだ。

そもそも彼らは真実家族ではないようだ。寂しい子供が二人、いっとき手を取り合ったに過ぎない。喪失の痛みは一瞬で、時が来れば、元々その手には何もなかったのだと気づくだろう。

――かつての己のように。

◆◆

「カノン様、もう起き上がってもよろしいのですか！」

カノンがルーカスにあやされながら眠りについた翌日、朝食をベッドでとっていると、侍女姿のラウルが顔を出した。

「すっかり元気！」

起き上がろうとすると、侍女たちに慌ててベッドに戻されてしまう。その中にはロシェ・ク

# IRIS ICHIJINSHA 一迅社文庫アイリス 5月のご案内

毎月20日頃発売!! 少女向け新感覚ノベル

公式Twitter iris_ichijinsha

悪役を待つ最悪の未来なんてサヨウナラ!
――だったはずなのに、
新たな破滅の予感は麗しの神官様!?

文庫判／定価:730円(税込

IRIS NEO

小説家になろう×一迅社文庫アイリス　コラボ企画

# アイリスNEO　5月刊好評発売中!!

月刊 Monthly Comic ゼロサム ZEROSUM

## にてコミカライズ絶賛連載中!

『虫かぶり姫　6巻』

コミック：喜久田ゆい　原作：由唯
キャラクター原案：椎名咲月
B6判／通常版　定価：710円（税込）
B6判／特装版　定価：1000円（税込）

『転生したら悪役令嬢だったので引きニートになります 1巻』

コミック：炬 とうや
原作：藤森フクロウ
キャラクター原案：八美☆わん
B6判／定価：740円（税込）

そのほか、連載作品のコミックスも発売中！

虫かぶり姫』
2022年
TVアニメ化決定!!

虫かぶり姫『6巻』
ラスト／喜久田ゆい

原作小説シリーズ、続々長編コミカライズ連載中！
閲覧、完全無料のゼロサムオンラインにあなたもアクセス♪

https://zerosumonline.com/

ルガにこっそりカノンの状況を伝えている侍女もいる。カノンはあーあ、と天井を眺めた。本人が「神殿のためには仕方がないこと」だとしか認識していないのが厄介だ。

「皆、過保護なのよ」

「陛下から今日までは伯爵をベッドから引き離すなと厳命されております」

「もしまた体調を崩されては、一晩中、看病なさった陛下がお可哀そうです」

キラキラとした視線で懇願されて、カノンは渋々、「わかりました……」とベッドに戻った。

侍女たちは「恋人を一晩中看病する、心優しき皇帝」を目の当たりにしたことで仕事へのモチベーションが上がってしまったらしい。

ルーカスは早朝「よく寝た！」とすっきりとした面持ちで出ていったので、侍女たちが期待していたようなことなど何もなかったのだが……。

「ルカ様は、私の寝所を避難所にしているだけだと思うんだけど」

「そのようなことはございませんっ！」

ラウルが鬼のような形相で否定する。

「どうでもいいご令嬢に、陛下が一晩中付き添うなどありえません。誰にでもお優しい方ではありませんので。カノン様を大事に思っていらっしゃる証拠（しょうこ）です」

会話があらぬ方向に行きそうなのでカノンは咳（せき）払いをした。

人払いをして侍女たちを下がらせる。

「その話はまた今度！　忙しいラウルを呼んだのは調べてほしいことがあるからなの」

「私でわかることでしたら、なんなりと」

ラウルは背筋を伸ばした。

「ロシェ・クルガが神殿に引き取られた経緯を知りたくて」

ロシェ・クルガの魔術書の中にカノンは潜り込んだ。あれは多分、ロシェ少年から母さん、と呼ばれていた女性の記憶だ。ラウルは理由を聞かずにかしこまりましたと受けてくれた。

「それと、ノアの父親についても……何かわかることがあれば、教えて」

ノアの父親が誰かわかれば、その父親と交渉して、ノアを引き取るように説得すれば、姉弟は離れて暮らさずに済む。

「カノン様のご依頼とあらば、承知いたしました」

それから、とラウルは言いにくそうに口を開く。

「カノン様、実は皇太后陛下がお見舞いに来られたいとの遣いがあったのですが」

カノンは飛び起きた。

「皇太后様が？　そんな、申し訳ない！　もう大丈夫だからってお伝えして！」

ダフィネはこの国で最も高貴な女性だ。義理の娘のヴァレリアの住居や神殿に参拝する以外は、基本的に玻璃宮を出ない。

そんな女性に皇帝の非公式な恋人の部屋までわざわざ出向いてもらうわけにはいかない。

「あら、もう遅いわ、カノン。来てしまったもの」

優しい声が聞こえてカノンはベッドの上で飛び上がりそうになった。

「皇太后様！」

美しい白髪の皇太后ダフィネの後ろには少々気まずそうなルーカスまでいる。

「そのまま、構わず」

慌てふためくカノンをダフィネが笑って宥める。

ラウルはこの場を一人で取り仕切るように決めたらしく、慣れた手つきで給仕をし始めた。

「具合はどう、カノン？　ルカはあなたが倒れたことを今日まで教えてくれなかったのよ。ひどいでしょう？　生姜の蜜漬けを持ってきたのよ」

「皇太后に教えるとすぐに見舞いに行きたがるからでしょう……。カノンも皇太后が来たとあってはゆっくりできませんよ」

「まあ！　ひどい。カノンを独り占めするのね！　言われなくてもすぐに退散するわ！」

呆れ口調でルーカスに諭されて、ダフィネは拗ねた。

カノンは小さく笑った。ダフィネはルーカスが誰とも婚約したくないがためにカノンを風除けに使っていただけだととうに気づいているはずだが、それでも変わらず優しくしてくれる。

カノンの母イレーネが、彼女の養い子だったからかもしれないが……。

「ありがとうございます、美味しいです」

ラウルが皿によそってくれた優しい味の蜜漬けを食してカノンが礼を言うとダフィネは嬉しそうに目じりを下げた。

「イレーネの具合の悪い時にもよく作ってあげていたのよ。あの子は身体が弱かったから。よく熱を出してね……」

「ご心配かけて申し訳ありません。本当にもう大丈夫ですから」

ダフィネはそう？　と可愛らしく小首を傾げた。

「図書館の仕事を頑張りすぎたのだ、とルカから聞いたわ。あなたは真面目すぎるから、たまには息抜きをしなさい」

体調不良ではなく、ロシェ・クルガの過去を覗き見ようとして魔力が枯渇してしまったのだ。自業自得なので心配してもらうのが申し訳ない。

カノンは恐縮したが、ダフィネはカノンを励ますと元気な顔を見たから、と本当に短時間で去っていく。見送ろうとするカノンもルーカスも留め置いて、いつの間にかひょっこり顔を出していたジェジェを抱きかかえて去っていった。

「皇太后陛下にまでご心配をかけて……申し訳ありません」

恐縮するカノンに、ルーカスは珍しく苦笑した。

「皇太后の趣味は家族を心配することだ。気にするな」

カノンは家族、と口の中で反芻した。——母イレーネは早逝したし、父のグレアムは異母妹のシャーロットだけを愛してカノンとは遠かった。だから、ダフィネが気にかけてくれるのは嬉しく、くすぐったい心地になる。

「――ルカ様も皇太后陛下の前では、寛いでいらっしゃいますものね」

「なんだ妬いているのか？」

「そんなんじゃありません」

カノンは口を尖らせる。

「お優しくて聡明で――。皇太后陛下が側にいらした先帝陛下はお幸せですね」

先帝は苛烈だったらしいが、政務においては優れていたと聞く。

さてな、とルーカスは自分も生姜の蜜漬けを摘まんで口の中に放り込んだ。

「先帝は為政者として見習うべきところもあるが、夫としてはどうだろうか」

「ルカ様？」

物憂げな表情を訝しむと、ルーカスは皮肉げに口の端を上げる。

「献身的な皇太后を裏切り、先帝は次から次に美姫に手を付けた。その結果として生まれたのがコーンウォルと皇女だ。為政者が次代に火種をまき散らしていては世話はない」

ルーカスの叔父コーンウォルは、皇位に就くためにルーカスを殺そうとした。彼は今、ルーカスの命で皇都の外れに幽閉されている。皇女ヴァレリアもカノンの知る限りは決して温厚な人物ではなく、ルーカスにとっては不穏な存在だろう。

「皇宮に火種は不要だ。ヴァレリアは聖官選挙で俺と不仲な陣営の人間を推挙したいようだが、ささやかな嫌がらせも続くと面倒だな。二人まとめてさっさと始末したいが」

「さらりと物騒なことをおっしゃらないでください」

カノンが半眼になる。

「己の地位保全のために、身内を排除しようとする男は、浅ましいか？」

どこか自嘲めいた問いにカノンはため息をついた。そんな台詞はこの人には似合わない。

どんな相手にも飄々としていてほしい。

「尋ねる相手を間違っていますわ、ルカ様。私は己の地位保全のために、父と異母妹を追いやった女ですよ。――浅ましく思うどころか同じ考えの方がいた、と安堵します」

きっぱりと言うカノンに、ルーカスはくつくつと笑った。

「――それは、失礼した」

「私はルカ様の共犯者ですから、いつだって」

嘯くカノンにルーカスが口元を緩めた。

「姫君が共犯ならば、心強いな」

ルーカスの無骨な指が髪に触れる。こめかみに軽く口づけられるのを許して、カノンは望まれるままに、皇帝の腕に身を任せた。規則正しい鼓動の音が聞こえて、この人も普通に生きているのだと当たり前のようなことに感心する。

少し疲れているのだろうから、たまには恋人らしいことをしても悪くない。

「祖父が裏切った証だとしても、皇太后はヴァレリアを実の娘のように慈しむ。皇女を処罰しては祖母が泣く。――面倒だが、なるべくなら皇女とも対立したくはない」

ルーカスの独り言にカノンは頷いた。

「三月前に亡くなった聖官は皇宮と親しかった。今までは聖官のうち七名はどちらかと言えば皇宮派閥だったがその席にポディムの子飼いが入るとなると、皇女支持の勢力の方が強くなる。――面倒事が増えるな」

カノンが俯くと、くしゃりとルーカスはその髪を乱した。

「ま、なんとかなるだろう」

いつものようにルーカスは気楽に言い、カノンはそうですか、と呟くことしかできなかった。

「ロシエ・クルガ神官の素性につきましては、カノン様がご存じ以上のことはわかりませんでした。中央区の孤児院にいたところを、魔力の高さと優秀さを評価されて神殿に引き取られたようですね」

ラウルがそう報告してくれたのは、数日後のことだった。

「家族はいなかったの？」

「記録には、ありません」

魔術書が見せた「母さん」については、少なくとも神殿側には記録されていないのだ。

「ロシェ・クルガ神官が評価されているのは、あの美しい容姿で寄付を集め後援者が多いからと噂されていますが、大神官からその能力を讃えられたことも大きいとか」

カノンはふむ、と口元を押さえた。

「大神官様、か――。だからあんなに評価されているのね」

「ロシェ・クルガ様ほど強い治癒力を持つ神官は当代にはいないようです」

神殿の頂点に立つ大神官は、人前に滅多に顔を出さず、神殿内でも会える人間は限られている。名前や顔も一部の人間にしか知らされていない――皇帝でさえ気軽に会うことはできない皇族と並ぶ権力者だ。ロシェ・クルガ神官は二十代半ば。

その若さで聖官に推薦されるのは異例なことだが、その理由が大神官の推薦ならば頷ける。

それと、とラウルは迷ったようだったが口にした。

「ノアの父親についてはわかりませんが、母親のことは少しわかりました」

ラウルが報告を続ける。

元々はノアとその母親が、東区の貧民街で一緒に暮らしていたようだ。

「貧民街で孤児として暮らしていたセシリアを、ノアの母親が引き取ったようです」

「二人はそっくりなのに、血縁ではないのね」

「顔立ちはよく見ると違いますよ。どちらも可愛らしい子供ですが。一緒に暮らすうちに似たのかもしれませんね。ノアを産んだ女性は元神殿関係者で、東区の貧民街での救済活動を行っていたようです。ノアを身籠ってからは神殿を追放され、貧民街で暮らしていたと」

「追放？」

ラウルが言いにくそうに言葉を選ぶのでカノンも声を潜めた。

「ノアを身籠った時に、父親が誰か言わなかったらしいので」

神官にならない限り、神殿に仕える者は婚姻を禁止されてはいない。だが、父親が誰かわからないような子を孕む不埒な人間は神殿関係者としてはふさわしくないと判断されたらしい。

彼女はセシリアとノアを育て、――三年ほど前に亡くなり、さすがに彼女を憐れんだ中央区の孤児院の職員が彼女の子供たちを引き取った、という経緯らしい。

「ユディット、という名前だったらしいですよ」

「どんな人だったんだろう」

「直接、セシリアにお聞きになりますか？　彼女を呼んでまいりましょうか？」

「ううん。お母さんのことを聞いたら悲しくなるかもしれないし」

亡くなったのは三年前とは言え、子供が亡き母のことを話すのは辛いかもしれない。

カノンも今は亡き母のことを思い出すのは切ないから。

とりあえず、セシリアを探してノアが元気だと伝えよう、と二人は王宮の庭を散策することにした、のだが。

「ふぎゃー嫌だー!! もう僕は無理！ ヤダ!! ごろごろしたい！ きついのは嫌！」

「ジェジェ様っ！ 駄目です！ 何事も諦めたら駄目！ って、私のお母さんがよく言っていました！ ほら、頑張って、あと一周庭を一緒に走りますよっ」

「やだ！ お昼ご飯食べたいいいいい」

「お昼は食べたじゃないですかっ！」

「じゃあおやつを食べるのおおおお」

「だめですったら！」

白い毛玉——もとい、霊獣ジェジェが庭の真ん中に転がってふにゃふにゃと抗議している。

ジェジェの側で必死に鼓舞？ しているのはセシリアだった。

握りこぶしを作り顔を真っ赤にして、ジェジェが走るのを応援している。

「……何事？」

カノンが目を丸くしていると、ラウルが苦笑した。

「セシリアをジェジェ様の遊び相手として採用したのですが。真面目な子で……」

ジェジェは健康に不安がある、よってなんとか痩せさせるように！ というラウルの言いつけを真剣に実行しているらしい。

微笑ましい光景に笑ってしまった。

「あの毛玉にはいい薬だろう。最近はますます球体に近づいてきていたからな」

「ルカ様！　それに、ロシェ・クルガ神官も」

ルーカスがキリアンとシュートを引き連れてきていた。

そこから少し離れて歩いていたロシェ・クルガ神官はカノンを見つけると黙って頭を垂れた。

「姫君の部屋に行ったらここだと言うのでな。客人を連れてきた。体調はどうだ？」

「もう、問題ありません。ご心配をおかけしました」

「そうか」

ルーカスが合図をすると、シュートだけを残してキリアンとラウルは下がり、ロシェ・クルガはその場で留まっている。

カノンたちに気づいたらしいジェジェがピョンと素早く立ち上がる。

「あっ!!　カノンっ！　カノンだあ！　ねえ、助けてよっ。セシリアちゃんの僕への期待値が高すぎるよっ！　僕は少しフクフクしているくらいが可愛いって熱弁して！」

確かに丸っこいジェジェも可愛いが、健康は大事だ。

「セシリアったらひどいんだよ！　厨房長に僕を出入り禁止にしろって言ったの！」

猫好きな厨房長はジェジェを甘やかしては間食をさせるので仕方のない処置だろう。

「……もう少し頑張ろうね。今のジェジェも素敵だけれど、シュッとしたジェジェもかっこいいと思うの」

「そんなあ」

ひんひん、と鳴くジェジェには悪いが可愛くて笑ってしまう。

「いい機会ではないか、毛玉。せいぜい半分の体積になるまで精進するのだな」

「馬鹿ルーカス！　僕が半分になったら軽すぎて飛んじゃうだろっ」

「そういう台詞は少しでも腹のタプタプを減らしてから言え、毛玉。おー軽い軽い」

「おなかを掴むにゃー！　ジェジェ様って呼べ！」

皇帝に首根っこを掴まれジェジェはぷらんぷらんと揺れた。

ロシェ・クルガは少し呆れたように猫と皇帝のやりとりを眺めている。子供の喧嘩のようだ、と思っているのかもしれないが、否定できないのでカノンは虚ろに笑っておいた。

「ジェジェ様！　さぼっちゃだめです！」

追いかけてきた少女はカノンを見つけ、ぱっと表情を明るくしたが、ロシェ・クルガとルーカスを認めると慌てて頭を下げた。皇宮で生活し始めて間もないが、特徴的な髪色となによりその圧で、ルーカスが誰なのか気づいたのだろう。

ルーカスは少女を見て笑うと、ジェジェを懐に抱き込んだ。

「毛玉、皇太后陛下がお呼びだ。顔を見せに行くぞ。姫君も神官もそこの猫係に用事があるのだろう？　用を済ませてこい」

ロシェも？　と視線を移すと、白い神官は顔を上げた。

ではな、とジェジェを抱き上げてルーカスは去っていく。

ふにゃふにゃと言いながらもジェジェは大人しくルーカスの腕の中に収まっている。

「体調はいかがですか？　カノン様」

「ご心配ありがとう、もう、すっかりいいわ。今日はセシリアに用事があるの？」

「ええ。実はノアが体調を崩しまして」

セシリアが顔を上げた。

「──ノアがっ？　あの子、どうかしたんですか！」

「少し体調を崩してね。君に会いたがっている。神殿に来てくれないかい？」

「ノアに会えるなら、ぜひ、行きたいです。だけど、お城の仕事が……」

そうか、とカノンはルーカスの去っていった方向を見た。

真面目なセシリアはルーカスの言うところの「猫係」を大事に思っているのだ。

「じゃあ、私も行くからセシリアもついてきてくれる？　……ええと、これは私の命令ね？　と言うと、少女はようやく、コクンと頷いた。

ロシェ・クルガに案内されて、皇宮の中に入ると、侍従の一人が転移門を準備していた。

「急ぎですので、転移門の使用を陛下にご許可いただきました」

あらかじめ扉を二つ準備しておけば、二つの地点を瞬時に移動することができる。

カノンが背後を見ると、騎士服に着替えたラウルが無言で控えていた。さすがにロシェ・クルガとセシリアだけで神殿に行かせるのは危ないと判断したのだろう。

カノンはほっとしつつ、どこか不安げなセシリアと手を繋いだ。

「少し揺れるから、気をつけてね」

セシリアと手を繋いで扉をくぐると、ぐらりと視界が揺れ、天井と地面が逆さになるような独特の感覚が身体を包む。初めてだと少し酔う人間も多いが、セシリアは平気だったようだ。

「おかえりなさいませ、ロシェ・クルガ神官」

華奢な青年が恭しくカノンたちを出迎える。

白亜の神殿は、曇りがちな陽光の下、青白く光っている。色のない建物は荘厳と言えば聞こえはいいが、どこか寂し気だ、とカノンはいつもと同じ感想を抱いた。

「あの少年はどこにいますか？」

「ご指示の通り、神官のお部屋で休ませています」

セシリアがソワソワと落ち着きなく視線を動かし始めた。弟が心配なのだろう。

次期聖官の部屋だというからきっと内殿の一画にあると思っていたのだが。ロシェ・クルガの足は内殿とは反対方向に向かう。

装飾もない、シンプルな長方形の……三階建ての建物の前で「ここが私の部屋です」と言われて、カノンはぽかんとしてしまった。

「神官様のおうちあんまり大きくないんですね。偉い人なのにどうしてですか？」

セシリアが率直な感想にカノンは正直すぎるよ！　と焦ったが、その質問はどうやらロシェ・クルガには好ましかったらしい。ふはっ、と小さく笑った。

「そうだね。お城のようにお掃除の人がいてくれるわけではないから。——自分で掃除できる範囲の部屋で十分なんだよ」

「私のお母さんと同じことを言うんだね」

「君の、お母さん？」

「うん。どうして私たちのおうちは狭いの？　って文句を言ったらいつも答えてくれていたの——しょうがないじゃない、セシリア！　お母さんは掃除が得意じゃないんだから。だから自分が掃除できる範囲のおうちにしか住まないことにしているのよ、って」

母親のことを思い出したのかセシリアはくすくすと笑う。

セシリアの無邪気な発言にロシェ・クルガは少女の頭を撫で、こちらへと部屋の中へ招く。

「ノア！」

「——セシリア！　なんでここに来たんだよっ」

「ノアが熱を出したって言うから来てあげたんじゃない。わがまま言ってご飯を食べないって聞いたけど、駄目よ、そんなの……大きくなれないんだからねっ」

「ば……っ！　我儘なんか言ってない！　ちゃんと食べてるよっ」

賑やかに喧嘩を始めた姉弟に、神官は唇に人差し指を当てて、しーっと注意した。

「神殿内は。静かに」

子供たちはそろって両手を口に当て、こくこく、と頷いた。

血の繋がりはないのに、同じ仕草をするところが可愛らしい。なにやら小声でヒソヒソと話し始める二人をロシェ・クルガはしばし無言で見つめた。その横顔は意外にも優しい。

「いつも、そんな風に自然に笑っていたらいいのに」

カノンがポツリ、と言うとロシェ・クルガは意外そうにこちらを見返してくる。

「私はカノン様の前で、笑っていませんか？」

「いつも素敵な笑顔をしてらっしゃいます。でも、無理している気がするから」

「無理などしていませんよ、少しも」

「そうかしら？　私、作り笑いには詳しいんです。――いつもそうしていたから」

子供の頃に母が亡くなって。屋敷の中心人物は可愛らしいシャーロットになった。

父も使用人も彼女に夢中で、カノンは見向きもされなくなった。最後には諦めてしまったが、始めはカノンだって努力をした。父親や、皆に好かれたくて、いつも無理をして笑っていた。

「無理に笑うと……」

「心が疲弊しますか？」

ロシェ・クルガが月並みな慰めと言いたげに皮肉げに笑う。カノンはきっぱりと首を振った。

「いいえ。抜け毛が増えます」

「ぬ、抜け毛？」

ロシェ・クルガがぽかんと口を開けた。

「そう、抜け毛。黒髪だけは綺麗だと父に褒められていたので大事にしていたんです。なのに、精神的な疲労が重なると朝、髪を梳く時に、ばっさりって抜けて絶望します。今思えば栄養状態も悪かったんでしょうね。父に嫌われていたせいで、食事もあまりもらえなくて。夜は持ってきてもらえるんですけど、朝と昼は用意されないこともあったし……」

ロシェ・クルガが唖然としている。

パージル伯爵家の長女の冷遇については知っていただろうが、それほどまでとは思っていなかったようだ。その表情がおかしくて、カノンは、くすくすと笑ってしまう。

「ロシェ・クルガ神官も、髪が抜けたら大変でしょう？　美貌が売りでいらっしゃるのに」

ロシェ・クルガは眼鏡の鼻を押し上げた。

「そうですね。おっしゃる通りです。私の売りは、顔だけらしいですから」

「そこまでは思ってないですよ？」

「少しはそのように思っていらっしゃるんですか」

「はい。――だって、意図的に売り物にしているでしょう？」

意地悪な口調で返すと、やれやれ、とロシェ・クルガ息を吐きだした。

「私もあなたと同じですよ。カノン様。あなたがその身を皇帝陛下に売ったように、私も身柄をご婦人方に売りました。どこが違うというのです？　虎の威を借りるのが得意でしょう。あなたも、私も……」

「ずいぶん直接的な言い方ね」

「身を売った」とは表現が過激だ。扉の外に控えるラウルが聞いたら激怒しそうだ。

極めて無礼だが、本音を話してくれているのだと都合よく解釈することにした。

「そうね。あなたと同じだわ。私も惨めな境遇から抜け出したくてルカ様の好意に甘えたの」

ルーカスはカノンからすべてを奪うことができる。カノンが持っているものなど、たかが知れているが。それでも彼は同族のよしみなのか気まぐれなのか……他に理由があるのか、奪えるものをそのままにして、カノンが望むものを与えてくれる。

そんな彼に図書館の職をもらったからには、その責務を果たしたい。

「児童図書館、ロシェ様の協力があるとすごく円滑に進む気がするので――これからもよろしくお願いしますね」

ロシェ・クルガはしばし沈黙したが、頭を下げた。一瞬剥き出しになったカノンへの敵意は再び覆い隠され、穏やかで美しい神官の仮面を貼り付ける。

「ご無礼を申しました。カノン様。――図書館については引き続き協力させてください」

「頼りにしています。それと、これは個人的なお願いですが――」

カノンは静かになった子供たちに目線を移した。

いつの間にか、ノアは眠ってしまったらしい。

その傍らに座ったセシリアが慣れた手つきで弟の額に濡れた布を乗せている。

「あの二人を、引き離したくないんです。古代人の血を引く子供を、神殿が引き取りたいのはわかります。だけど、子供の頃に家族と引き離される辛さは……私にもわかるから。二人が一緒にいられるように手を尽くしたいの。協力してもらえませんか？」

「……あの二人を救ったところで孤児たちが皆幸せになるわけではありません。気まぐれな例外は作るべきでない、と思います」

ロシェ・クルガは冷静に反論し、カノンは微笑んだ。

「偽善でも幸せになれる人が一人でもいるなら、その方がいいと思いませんか？」

ロシェ・クルガは黙っていたが、「氷嚢を替えに行きます」と部屋を出た。

カノンの視線の先、セシリアが可憐な声で歌う。

子守唄だ。

カノンはそれをどこかで聞いたと思い、……魔術書が見せた幻の中で「母さん」が小さなロシエのために歌っていた歌だと気づいた。

「……光？」

カノンの持ってきた鞄の中が、薄く光る。

何か持ってきただろうかと首を傾げて、カノンは、はっと気づいた。

「魔術書！」

倒れた日に抱えていた、発動条件のわからなかった魔術書だ。

カノンが本を開くと、本から直接映像が頭の中に流れ込んでくる。


真冬。

小さな女の子が雪に埋もれて凍えそうになっている。これは小さなセシリアだ。

セシリアの前に、小さな、紫色の瞳をした男の子が現れる。

『母さん！　おんなのこがいるよ？』

『大変！　ノア、荷物を持って。早く暖かいところに連れていかなきゃ。もう大丈夫だから。もう、安心だからね』

ノアとよく似た女性が、女の子を抱き上げる。カノンは、あ、と声をあげた。

紫色の瞳。珍しい色……。何より、その顔に覚えがある。

(母さん！)

カノンの思考を、今よりずっと小さなセシリアの声が遮る。

セシリアの記憶が奔流のように流れ込んでくる。

――冬の道端で拾ってくれた人。紫の目をした綺麗な母と子。

大好きな母さん。それに、ノア……。

三人で初めて食べたご飯。身を寄せあって眠った小さな寝台。

ノアと玩具（おもちゃ）を取り合って喧嘩して二人とも大泣きしたこと。

セシリアの歌声と共に、三人の記憶の断片がカノンにも共有されていく。

「記憶……？　この魔術書は記憶を呼び起こすことができるのかしら……」

カノンが呆然（ぼうぜん）としていると、背後で足音がした。

カノンが本を閉じると、煙のように三人の美しい生活は消えた。


「氷嚢を持って参りました。ノアの具合は……」

ロシェ・クルガは、言いかけて、カノンの隣で大きく目を見開く。

「その、歌は……」

言いかけたロシェ・クルガは口を噤（つぐ）む。

カノンはロシェ・クルガの呆然とした横顔を見た。やはりそういうこと、なのだろうか。

「ノア、寝ちゃった」

眠りに落ちた弟を確認すると、セシリアが二人のところにやってきた。ロシェ・クルガは戸惑ったように少女を見つめている。セシリアは視線には気づかずカノンを見上げた。

「ねえ、カノン様。ごめんなさい。さっきの神官様との会話、ちょっと聞いちゃった」

「……どのあたりから？」

「二人を引き離したくない、のあたりから。でもね、私は、ノアと離れてもいいんだ。だって、本当の姉弟じゃないから。しょせんは他人だもの。大丈夫だよ」

ロシェ・クルガの表情が強張るのがわかる。カノンは黙って少女の言葉の続きを待つ。セシリアはきゅ、と唇を引き結んで、再び笑顔を作った。

「喧嘩ばっかりだし、私たち。私がいなくなれば、ノアはせいせいするんじゃないかな」

晴れやかに笑うセシリアの鼻をカノンが摘まむと、少女はきゃ！　と可愛い声を出す。

「嘘つきね、セシリア。……鼻の頭が赤いわよ」

「ノアの風邪がうつったのかな」

少女は強がってみせた。

「――大丈夫なのは本当だよ。一人にも寂しいのにも慣れているんだ。お母さんに拾われるまで私は独りだったし。それにノアは私と違って頭がいいの。だから神殿に引き取られていっぱい勉強をさせてもらえるのは、すごく、幸運なことだと思う」

ロシェ・クルガはいつもの笑みを貼りつけ忘れて小さな少女を見つめている。

「お母さんが言っていたの。ノアのお父さんは地位ある人だったから、お母さんを奥様にはしてくれなかったけれど、ノアが大きくなったら会いに来てくれるかもしれない、って」

女を弄ぶ男の常套句な気もするが、カノンはそれを口にはできない。

「ノアの名前を聞いたらきっと息子だと気づいてくれるって言っていたの。――ノアのお父さんがノアに気づいた時、私がいたら邪魔でしょ？」

　カノンは、優しい少女の頭を撫で、引き寄せる。

「ノアが万が一、それでいいと言ったとして……。セシリアはどうするの？」

「平気！　私は健康だし、一人で働けます！」

「お母さんは、どういう方だったの？」

　カノンはセシリアを抱きしめながら、尋ねた。

「ノアに似て綺麗な人だったんだよ。紫の瞳をして、ユディットっていう名前で」

「……ユディット」

　カノンの隣でロシェ・クルガが呻く。

「昔は神殿で働いていたんだって。歌が上手でいつも歌ってくれていたの」

　それには気づかぬふりをして、カノンはセシリアに尋ねる。

「さっき歌っていた子守唄は、お母さんから教えてもらったの？」

「うん。お母さんのお母さんが教えてくれた歌なんだって。歌詞はよくわからないんだけど

――古い国の言葉なんだって聞いた」

　ロシェ・クルガが静かな声で言葉を紡ぐ。

「眠りなさい、我が子よ……」

　カノンとセシリアは神官を見つめた。

「母なる神の御胸で――安らぎなさい愛しい子よ。美しい夢だけを見て。夢に痛みはないから。

早くお眠り、目を閉じて……そういう、歌詞ですよ」

「神官様、あの子守唄知っていたの？」

「……いいや、セシリア。言葉を知っているだけだよ。古い言葉なんだ……」

そっかあ、とセシリアは納得する。

「ノアも、一生懸命に勉強したら神官様みたいに賢く、偉くなれる？」

ロシェ・クルガは頷こうとしてそれをやめ、しゃがみ込んで小さな少女を見上げる。

「君の弟の努力次第だ。もし、君の弟が神殿に来ることになったら協力するよ」

「はい、よろしくお願いします」

「ノアが神殿に馴染むために、しばらく弟に会うなと私が言ったら、君はどうする？」

ロシェ・クルガは少女を試すように問いかけた。

「神官様のおっしゃる通りにします。私は一人でも大丈夫」

躊躇いのない元気な答えに、ロシェ・クルガは軽く瞑目する。

「……大丈夫、は口癖かな？」

「お母さんがいつも言っていたの。大丈夫、大丈夫って。だからうつっちゃった」

へへ、と微笑む少女にそうか、と呟いて、ロシェ・クルガは目を伏せた。

カノンはロシェ・クルガにノアを任せて王宮へ帰ることにした。

ラウルがすでに馬車を手配してくれていたので、日付が変わる前には皇宮に帰れそうだ。

「どうしたの？　ラウル。怖い顔をして」

「カノン様、もしもご許可をいただければあの無礼者を胴切りにして参ります」

「ど、胴切りって！」

もしかしなくても、無礼者とはロシエ・クルガのことだろうか。

「カノン様に身を売った、などと！　……あのような暴言、断じて許せません」

扉の外にいたラウルにはやっぱり会話が筒抜けだったか、とカノンは額を押さえた。

「ええと、その……、今日はもう遅いし、帰りましょう、ラウル」

「ご心配なく。五分で終わらせますので」

目が真剣そのものなので、カノンは冷や汗をかきつつ騎士姿のラウルを馬車に押し込んだ。

「子供の前で怖いことを言うのも、するのも禁止！　物騒なんだから……！」

「カノン様、どうぎりってなんですか？」

「セシリア、それは覚えなくていいからね……！　さっ、帰りましょう！」

「しかし、カノン様……」

「大丈夫だから！　今度ね、今度！」

カノンは二人を馬車に押し込み自分は扉近くに陣取ると、御者に出発を促す。

ラウルは最後まで不服そうだったがカノンに渋々従う。

カノンは胸を撫で下ろしながら、先ほど、カノンに幻影を見せた魔術書を胸に抱き込んだ。

――皇宮に戻ったら、ルーカスに魔術書のことについて聞いてみよう。

カノンが座席に身を沈めたのを合図のようにして馬車はゆっくりと神殿を後にした。

◆◆

体調が戻ったカノンは、次の日からしばらく図書館の仕事に励んでいた。大学がしばらく休みだというレヴィナスも「暇ですから」と手伝いに来てくれていた。

東区の児童図書館から二人で皇宮に戻ってくると、皇宮の外宮は何やら賑やかだった。

「ああ、今日は使用人たちの納会ですからね」

「納会？」

ラウルと一緒に護衛を務めてくれたシュートが説明してくれた。

「感謝祭とも言います。明確に決まった日はないのですが、騎士団を除いた使用人たちが一斉に午後から翌日まで休みになるんです。半年に一度、皇宮の外庭が使用人たちに開放されて音楽を奏でたり……賑やかですよ」

もうすぐ皇宮に来て一年になるが、そんな習わしは初めて聞く。

シュートは咳払いをした。

「カノン様は、前回はちょうど……皇宮図書館に里帰りして皇宮にはご不在でした」

――ちょうど、タミシュ大公の接待がひと段落ついて、カノンが皇宮から……もっと言えばルーカスから逃げていた時期だったようだ。

「騎士団はお休みじゃないのね」

「我々には内宮の警護がございますから。酒に酔って内宮に侵入しようとする不届き者もいるかもしれませんし、騎士団はかえって気の抜けない日ですよ」

内宮は皇族の居住地と彼らを守る近衛騎士たちや高位官僚が勤める。

外と内の宮殿の間の移動には制限があるから実はカノンは外宮については詳しくないのだ。

「僕は友人と何度か遊びに来たことがあります。大学生もこの日は外宮への出入りが自由なので。皇宮の厨房から振る舞われる軽食が美味しくて。大学寮のご飯はイマイチ……」

ぼやくレヴィナスをカノンは見上げた。義弟はこの一年で少し背が伸びたので目線が変わった。ちょっと保護者気分だわと妙な感慨を抱く。

「楽しそうね！　私も少し遊びに行ったら駄目かな。レヴィ、案内してくれない？」

カノンは伯爵家にいた時も自由に屋敷を抜け出せるような環境ではなかったし、ルーカスの恋人役をするようになってからは基本的に警護の人間がいる。

お祭りに出される軽食！　だなんて「カノン」になってからは食べたことがない。

「お腹もすいたし」

「いいですよ。勤勉な義姉上に、僕が奢ります」

カノンが小さく「やった」と歓声をあげると、ラウルが渋面になった。

「危険です。カノン様がおいでになるならば騎士数人を護衛に連れてきましょう」

「それではお忍びにならないでしょう。僕がいるから大丈夫ですよ、ラウル卿」

ラウルは不服げに口を尖らせた。

「レヴィナス様の腕が立つと聞いたことはございません。せめて、私がお供いたします」

「ラウル卿が？　――卿はものすごく目立ちませんか？」

「失敬な……」

確かに、いかにも貴族然としたラウルは外宮では人目を引くだろう。それはそれで仕方ないか、とカノンが承諾しようとしていると、珍しくシュートが口を挟んだ。

「私の方が目立たないだろうから、私が随行しよう。伯爵も息抜きは大事でしょうし、ラウルは私の代わりに陛下の護衛をしてくれ。陛下もお前に会いたがっていたし」

皇帝至上主義のラウルはルーカスの名前を出されると弱い。渋々警護の任を代わった。

ジャケットをラフなものに替えるとシュートはすぐに使用人たちに馴染む。高位貴族出身なはずだが、居丈高なところもないし話しやすい人だなあとカノンは改めて好感を持った。

「私はなるべく目立たぬように護衛いたしますから、お二人は気にせず楽しまれてください」

カノンはシュートに礼を言って、外宮に潜り込む。

すぐに人垣が見えてきて、レヴィナスはカノンに手を引かれてその輪に交ざった。

数人の男女が各々楽器を持ち寄って軽快な音楽を演奏している。皇宮のパーティーで流れるような静かな曲とは全く違う。打楽器とヴァイオリンのセッションにカノンは目を丸くした。

「結構、上手ですね、義姉上」

「この人たちは、演奏家ではないのよね？」

二人が顔を見合わせていると後ろにいた年配の女性がけらけらと笑う。

「演奏家なんかじゃないよ。ケイデンは庭師、ディクスは技官。あっちは清掃員」

「そうなんですか！」

「本職は適当なくせにねえ。それより、あんたたち見かけない顔だけど、内宮から来たの？」

「……えぇっと」

「お忍びなら黙っといてあげるよ。内宮にばっかりいたら、肩が凝りそうだもんねえ。……ほら、これあげるから持っていきなさい。焼きたてだし、美味しいよ」

女性は厨房で働いていると自己紹介し、ハナと名乗った。

串焼き（くし）をもらった二人は素直に喜んでそれを受け取る。

「塩味がきいていて、すごく美味しいですね！」

「お酒が欲しくなるわね……」

見ればいくつか出店があり、みな楽しそうに物を売っている。

皇宮で物の売買は基本禁止なのだが、今日だけは許されるのだという。

「事前申請は必要ですが。この日で小遣いを稼ごう、と皆はりきって出店します。城下で何が流行しているのか把握するのにちょうどいいと宰相閣下のお目こぼしなのです。使用人たちの特技や関係性もよくわかりますし……酒を飲むと本性を垣間見れるともおっしゃっていました」

シュートの説明にレヴィナスが「抜け目ない方ですね」と感心する。

「お二人とも喉が渇くのではないかと。お飲み物をお持ちしました」

果汁が炭酸水で割ってある。これもまた、皇宮ではあまり出されない類の味だった。

「……美味しいっ」

「ありがとうございます、シュート……さん。卿呼びはまずいですよね」

「はは、お気遣いありがとうございます。呼び捨てでどうぞ。お、あちらでは飴細工も作っていますねえ。買ってきます。我が君にもお土産にしようかな」

いそいそと飴を手に入れたシュートは、はい、と二人に兎とキツネの形をした飴をくれた。

どうも子供扱いされている気がする。

「ルカ様にさしあげるなら猫がいいですよ。ジェジェの目の前でバリバリ噛むと思います」

カノンの言葉に、シュートは吹きだす。

「嬉々としてやりそうですね、大人げないからなあ」

「シュートさんは兄弟が多いのですか？　なんだか、ルカ様のお兄さんっぽいですよね」

シュートは主従の垣根を越えて皇帝に親愛の情を抱いているように見える。

「男女合わせて七人きょうだいの四番目です。しかも、恐ろしいことに全員同腹で」

シュートが苦笑した。誰に対しても人当たり良く人間関係を築けるのは、家庭環境のおかげもあるのかもしれない。冷えた家庭で育ったカノンには羨ましい。

一行が広場をぶらぶらと歩き回っていると、バザーが開かれている一画にたどり着いた。

「この洋服なんか皇女様がお使いの生地と同じなんだってよ」

「こっちはシャント伯爵様のお気に入りの髪飾り！」

自分の名前が聞こえたので興味本位でカノンは覗いてみる。大ぶりなクリスタルがいくつもついた、キラキラとした花の髪飾りがいくつか置いてあって、カノンは首を傾げた。

「……義姉上はああいう豪奢なものがお好きでしたっけ？」

「可愛いけれど、あまり好みではないわ。皇女殿下もああいったピカピカした生地のドレスは身に纏っていないと思うけれど」

皇女ヴァレリアはカノンに見せた中身こそ毒花だが、外見は楚々とした装いの女性で、上品な振る舞いは社交界の令嬢たちの憧れの的だ。

「そういえば皇女様は、また新しい男を連れ込んでいるんだろ？」

「今度は黒髪の騎士らしいよ。色っぽい男なんだとさ」

あちこちで下卑た笑いが起こる。

「美貌の姫が、若い身空でダンナを亡くしたんだ。寂しさを埋めたがるのは無理もないさ」

カノンは不快のあまり男たちを諫めようかと思ったが、笑顔のシュートにそっと止められる。

ひょっとしたらこういう噂話も「誰かが」聞いているのかもしれない。

むう、と思いながらもカノンは黙って聞くことにした。

「シャント伯爵と新しい男を取り合っているって噂も聞いたぜ」

「ああ、あのなまっちろい神官だろ？」

「はっ!?」

思わず大きな声をあげるカノンの口をレヴィナスが慌てて手で塞いだ。

「どうして止めるの！　レヴィ」

「義姉上！　ここで暴れてはいけません。義姉上がシャント伯爵だって名乗り出て、噂を否定しても火に油を注ぐだけですよ。——それに、興味深い城内の噂です。聞きましょう」

ぐぬぬと呻くカノンに気づかず男性たちは下世話な話を続ける。

「神殿の天使様を伯爵と皇女で取り合って喧嘩したんだろ？」

取り合ってないし！　喧嘩もしていない！　とカノンは心の中で叫んだ。

「俺は伯爵が神官殿に言い寄っているって聞いたぜ？　図書館の前でしなだれかかっていたってさ。陛下の寵愛だけじゃあ満足できないのかねえ。これだから女は……」

それに、と年配の男が訳知り顔で続けた。

「伯爵様の母君は、あのイレーネ様だ。イレーネ様だって楚々としたお姿の割に、華やかな噂がたくさんあった方じゃねーか。娘だって似たようなものなんだろうさ」

カノンは目を吊り上げた。亡くなった母イレーネは、奥ゆかしく、優しい人だった。

そんな風に侮辱される謂れはない！

「色男の神官様も大変だな。お偉い淑女をいっぺんに相手しなきゃならねえっての大層、骨が折れるだろ――神官になるより男娼にでもなったほうが……ぐえっ!! 痛え！」

男たちは、蛙がつぶれたような声をあげた。

殴ってやろうと思ったが、一足先に彼らを殴ったのはカノンではなかった。

「てめえが女に相手にされないからって下衆なこと言うんじゃないよ！ この馬鹿ども！」

「いってぇ！ う、うわ、ハナさん……」

威勢よく啖呵を切ったのは先ほどカノンたちに串焼きをくれた年配の女性だった。

「高貴な方々へなら何を言ってもいいってもんじゃないよ！ それに、ロシェ・クルガ神官への悪口は許さないよっ。あの子がどれだけ苦労してあの地位にいるのか！ あたしの贔屓を馬鹿にするんなら、あんたらの食事は二度と作らないからね！」

「うへえ……」

「悪かったって。口が過ぎたよ……」

男性たちはコソコソ逃げていく。そうだそうだと輪の中で同意が起こり、カノンも拍手をした。カノンのことも庇ってくれたのは嬉しい。

それに何やら、ロシェ・クルガのことを知っているような口ぶりだ。知り合いなのだろうか。

話を聞きたかったが、ハナは知人に呼ばれたのかどこかへ去っていってしまう。

「義姉上、どちらへ？　――ああ、ダンスが始まるみたいですよ。見に行きましょう」

レヴィナスに手を引かれ、カノンは背後を気にしながらも頷いた。

広場の中央では、若い女性たちが手を取り合って、輪になって踊っている。

「――あれは？」

「城下でよくやる踊りですね。――見ていてください」

踊り自体は単調な曲調に会わせてステップを踏み、女性たちが輪になって踊るだけだったが、

――段々曲の速度が増していく。ついていけなくなった者は次々と脱落して、曲が五巡ほどすると残った娘は三人ほどになった。彼女たちを人垣が褒めそやし、若い男性たちが彼女たちを思いおもいに誘ってどこかへ消えていく。

「城下の祭りなんかではよくやります。――ダンスがうまい女性を決めるんです」

レヴィナスは少年時代を市井で過ごしていたから庶民の風習には詳しい。

カノンが感心していると、隣にいた若い娘たちからいきなり手を取られた。

「あなたも踊りましょうよ！　突っ立ってないで！」

「えっえっ……!!」

運動神経には自信がないが、ダンスならばラウルに仕込まれたから大丈夫だろうか、多分。

「義姉さん、頑張ってくださいね」

「う、うん……！」

きっと三巡くらいならば行けると踏んだカノンは気合を入れて両隣の娘たちと手を繋ぐ。

――が、一巡でステップを盛大に間違えて隣の少女の足を踏み、二巡目で息を切らし、三巡目の初めには輪の中から呆気なく脱落した。

単純そうに見えても初見で交じるのは難しい。

輪の外へ弾き飛ばされてカノンはがっくりと肩を落とした。足を踏んでしまった少女にごめんなさい、と身振りで謝るとそばかすの少女は気にしないでと笑って許してくれた。

「お嬢さん、慣れていないなあ」

「ひょっとして内宮の侍女かい？　お嬢様はあんな踊りはしないだろうから無理ないな」

酒を呷っていた青年たちに陽気に絡まれ、カノンは冷や汗をかく。

「外宮で遊ぶのも楽しいだろ？　――何なら俺たちと一緒に一杯どうかな」

ジョッキを渡されそうになって、カノンは慌てて手を振る。

「ええと、お酒はそこまで強くないの、お金も友達が持っているし」

輪の反対側に出てしまったので、レヴィナスとシュートたちとはぐれてしまった。

戻らなきゃとあたりを見回していると、青年たちは陽気にカノンの肩に手を回してきた。

「そんなの気にしないでいいって！　奢るし。名前なんていうか教えてくれよ」

悪気はないのかもしれないが、距離が近すぎる。

「お連れって女の子？　よかったらその子も一緒に回らないか」

肩を組まれてギョッとした。これはいくらなんでも失礼だ。

やめて、とカノンが言う前に、青年がギャっ！　と声をあげた。

「嫌がる女に迫るなんて、ダサい真似をするなよ。な？」

背の高い男が、カノンを口説いていた青年の手を捻り上げている。

カノンがポカンとしていると、その人物は「こちらへ」とカノンの手を引いた。視界の端でレヴィナスとシュートの顔が見えるがレヴィナスは焦り、シュートはぽかんと口を開けている。

男はカノンに有無を言わせずにサッと手を引いて、人の輪を抜けた。

「……あ、あの。大丈夫です。もう。それに、はぐれた連れと合流しないと」

人の往来がまばらになったあたりでカノンは男の背中に声をかけた。

「……内宮に戻られなくてもよろしいので？」

背の高い男性は低く甘やかな声で囁く。ブルーグレーの瞳は鋭いが、細められると優しい。

肌は白いからトゥーラン人だろう。……なぜだろう。顔は似ていないのに、変装した時のルーカスと似ている気がしてカノンは横顔を凝視してしまった。

「どうかなさいましたか？」

真正面から見つめられ、カノンは戸惑う。三十半ばの端正な顔立ちの男だが、右目の上の鋭い刀傷に見惚れることを許さないような圧がある。尋問されているような心持ちになって、カノンは口籠った。

「……その、あなたは私が誰かご存知のようなので」

「確かに、ここはお忍びで伯爵がいらしていい場所とは思えませんね」

やっぱり、とカノンは額に手を当てた。男は軽く笑ってカノンから手を放す。

鍛えた体躯や身のこなし……硬い掌の感触から騎士だろうかと思う。

「お顔は存じ上げないのですが、近衛騎士の方ですか？」

「近衛ではありませんが、城で、護衛をしております」

別の騎士団に属する騎士なのだろう、とカノンは推察した。

「改めてありがとうございました……あの、お名前を聞いてもよろしいですか？」

「伯爵に名前を聞いていただけるなど、もったいないこと。しかし、お礼をいただくほどのことではありません。どうかご放念ください。それに、懐かしい思いをいたしましたから」

「懐かしい？」

聞き返したカノンに、男は目を細めた。どちらかと言えば近寄りづらい雰囲気の男だが笑うと途端に人懐こくなる。

笑顔に半瞬遅れて傷が歪み、まるで蛇のように蠢くのをカノンはなんとなく視線で追った。

「伯爵は母君に生き写しでいらっしゃる。髪と瞳の色を除けば、まるでご本人がここにいらっ

しゃるようです」

「卿は、母を、知っていらっしゃる？」

男は何かを思い出したようにくすりと笑った。

「私は少年でしたから美しい方だと仰ぐだけでしたが。お声も、喋り方も同じです」

懐かしむ口調にカノンは心が浮き立った。

「母をご存知なら、またお話を聞かせてくれませんか？」

「お話しできることがあればいいのですが、遠目で眺めていただけですので」

男性はイレーネが王宮にいた時代はまだ少年だったろう。無理もないかもしれない。

「右手に見える煉瓦の建物を進むと内宮に戻れます。お気をつけて、カノン様」

一礼して男が去っていく。カノンは男から言われた通りに煉瓦の建物を目指して歩くと人通りもまばらになってきた。

「本当に、ここから内宮に戻れるのかしら」

気がつけば大分日も暮れて空の色に橙が混ざってきた。

立ち止まったカノンの耳に、カツ、と音が聞こえる。誰かの革靴が、石畳を踏みつけ、ゆっくりとした足音が次第にカノンに近づいてくる。尾行されているのでは、と疑念を抱いた瞬間に冷や汗が背中を流れる。

……気のせいかもしれないが、早く戻ろう、と歩く速度を上げるにつれて靴音も高らかになり、カノンはたまらずに小走りになった。靴音も走り出す。すぐ近くに足音が聞こえ、手を掴まれる。

「……放してっ！　人を呼ぶわよ！」

「……放してもいいが、叫ぶのはやめろ。俺がここにいるとばれては、面倒だ」

聞き馴染んだ声に顔をあげると、そこには、見知った顔の男がいた。

「る、ルカ様？　どうしてここへ？」

お忍びだからか、ルーカスの髪も瞳も黒くなっている。

「ラウルから聞いた。シュートがいないが、まさか、あいつ、はぐれたのか」

「違います！　私が迷子になったのです」

カノンは慌てて弁明した。勝手にはぐれたのに、シュートが叱責されるのでは申し訳ない。

ルーカスは真顔で部下のいる方向に視線を向けた。

「明らかにあいつの落ち度だな。手を掴んだのが俺ではなく祭りに浮かれた愚か者だったらどうするのだ。あとで折檻しておこう」

「お手柔らかに……」

「気をつけろ。姫君はいまいち、危機感が足りん」

そんなことはない、と言い切れないのが辛いところだ。

「どこに行こうとしていた？」

「内宮に戻ろうかと。この先に出入り口があると聞いたので……」

黒衣の男が説明してくれたのだ。そう言うとルーカスはふむ、と顎に手を当てた。

「確かに、ここから先に進めば内宮に行けるが……、近衛騎士団の詰所を通るぞ」

「近衛騎士団……」

カノンは絶句する。

先ほどの黒服の騎士に教えてもらった道を使い内宮に戻っていたとしたら、何人もの近衛騎士に目撃され、皇帝の恋人は一人で外宮に顔を出し、戻ってくるような女だと思われただろう。

黒衣の青年の親切な笑顔を思い出す。考えたくないが、悪意であの道を教えたのだろうか。

ルーカスはまあいい、とカノンが来た道に再び視線をやった。

「俺と合流したのだ。無理に帰ることもない。もうしばらく見ていくぞ」

ほら、と手を差し出されてカノンは反射的に掴んでしまう。

カノンが横に並ぶのを待って、皇帝は歩き出した。

「腹が減った。何か食べるか」

「そういえば先ほど、厨房の方から串焼きを分けてもらいましたよ。美味しかったです」

「なんだ、自分ばかり楽しんでいるではないか。俺も味見に行きたい」

拗ねた口調がおかしい。ルーカスに手を引かれて再び人波に戻ると、先ほどカノンに串をくれたハナが、再び持ち場に戻っていた。

「あら、さっきのお嬢さん！　また別のいい男連れちゃって、人気だねえ」

厨房で働いている女性、ハナがカノンを揶揄う。

「さっき一緒にいたのは義弟です」

「あら、じゃあそっちのイイ男が恋人？」

カノンがあーとかうーとか言っていると、ルーカスはにこっと微笑んだ。

「恋人がお世話になったみたいで、ありがとう、お姉さん。――ところでいい匂いだな」

あまりの愛想の良さに誰！　と思わず問い詰めそうになる。眉間の皺も綺麗に消えて、気のいい騎士にしか見えない。お姉さんと呼ばれたハナは「お世辞を言うんじゃないよ！　もう！」と軽く小突いてから、ルーカスにも串を売ってくれた。

「あんた、近くで見るとますますいい男だねえ、なんか、皇帝陛下にも似ているし！」

「ハナさん。陛下を見たことがあるんですか？」

カノンが驚くとハナは豪快に笑った。

「内宮に行った時に、遠目でちらっとね！　それと陛下のお誕生日には肖像画が街に配布されるだろ？　あれがあまりにご立派で、お守り代わりに大事に持っているんだ」

ハナはどうやら陛下がお気に入りらしい。ばれたらどうしよう、とカノンは乾いた笑い声をあげたが、褒められた本人は堂々とハナ相手に片目を瞑って見せた。

「よく似ているって言われるんだ」

「まるで、本人みたいだよお！　おまけで串焼き追加であげちゃうよ、陛下！」

　本人ですよ、と心の中でカノンは突っ込んだが、言えるはずもない。

「顔がよくて、儲(もう)けたな」

　ルーカスが涼しい顔で呟くのでカノンは呆れた。お忍びにしても堂々としすぎている。

「ルカ様はよく外宮に遊びに来られるんですか？」

「視察と言え、視察と。――塩味がきいていて美味(うま)いが、酒が欲しいな」

「視察中にお酒は駄目なんじゃないですか？　キリアン卿に言いつけますよ？」

「それは面倒だ。口止めに、姫君にも半分わけてやる、ほら、食え」

「――ありがたくいただきますが、ルカ様は手慣れすぎではないですか？」

「皇帝稼業(おれの仕事)は肩がこる。たまには息抜きが必要だ」

「息抜きは結構ですが家業をやめたりしないでくださいね。私は職を失えないので」

　カノンの軽口にルーカスが鼻白む。

「職を失うのが困るだけか？　――相変わらず現金だな？」

　カノンは串焼きを頬張りながら笑った。塩となにやら香辛料がきいた肉は絶品だ。

「――ルカ様がいなくなると、ちょっとだけ寂しい気はいたしますけどね」

　カノンはツン、と顎を反らした。二人の様子をハナが微笑ましそうに見る。

「仲良くて妬けちゃうねえ。――ほら、麦酒はあたしの奢り、飲んでいきな！」

ハナからジョッキを渡されて、ルーカスは「ありがとう」と爽やかに愛想をふりまく。

カノンは飲み物の礼を言い、ハナに聞いてみたかったことを口にする。

「……あの、そういえばハナさんはロシェ・クルガ神官と面識があるんですか？」

うん？　とハナがカノンを見つめ返す。

「さっき、男の人たちに啖呵を切っていたから……」

ああ、とハナは頷いた。

「面識があるって言っても、一方的。あの子がこぉんなに小さかった頃の話だよ」

ハナはロシェ・クルガ神官と同じく東区の貧民街出身らしい。そこから王宮勤務まで出世した経歴もすごいと思うが、それにはハナは「運がよかっただけだよ」と謙遜した。

カノンは、魔術書が見せた光景を思い出しつつ、聞いてみた。

「……ロシェ・クルガ神官は、そこでお母様、と暮らしていた、と聞きました」

「なんだい、あんたいやに探ってくるね？」

ハナの声に警戒が混じる。

ルーカスが麦酒を呷りながら、常にはありえない気さくさでハナに微笑んだ。

「実はこの子、今シャント伯爵が始めた児童図書館の事業で働いているんだ――それで、神官様のことが気になっているらしくてね」

この絶妙な、嘘ではないが真実とも言いがたい説明のうまさには本当に感心する。

ルーカスは皇帝の職を辞しても、詐欺師がやれそうだ。――ハナは、目を丸くした。

「あれまあ！　じゃあ、ロシェと働いているのかい」

「はい。ロシェ・クルガ神官のお母様ってどんな方だったかな、って気になって」

カノンがこくこく、と頭を縦に振ると、とハナは懐かしむ表情で空を見上げた。

「そうだよ。二人は東区の貧民街で暮らしていた。――本当の親子じゃなくて、ロシェをあの子が拾って育てたんだ。東区はいまよりも貧しい人間が多くて。ロシェの母親は……元は裕福な家の娘だったみたいだけど、いつの頃からか貧民街で暮らし始めて……」

三十年ほど前、皇国がゴタゴタしていた時期はそんな風に「落ちてくる」子供が何人もいたらしい。美しい娘に成長した彼女はある日、路地裏で幼児を拾った。

それがロシェ・クルガだった、と。

「死んだ弟に背格好が似ているからって甲斐甲斐しく世話してね。仲がいい親子でさ……。一人で生きていくのも大変な場所で、よくやっていたと思うよ」

二人は、慎ましやかだが本当の親子のように平和に暮らしていたらしい。

ここまではカノンが魔術書に見せてもらった映像と一致する。

「ロシェは小さい頃から不思議な力がある子だったんだ。その異能に目をつけた神殿が迎えに来て……二人して中央区の孤児院に行った。ロシェは孤児院に引き取られて、彼女はそのうち神殿の職員として働かせてもらえるって約束をしたはずなのに」

だが、彼女だけがすぐに貧民街に戻ってきたのだと言う。

「どうしてですか？」

「さあねえ。やっぱり貧民街の人間を雇うのは神殿が嫌になったんじゃないかな」

ハナは肩を竦めた。

「神殿なんてそんなもんさ。金持ちにはご高説垂れて、貧乏人には数秒祈って、終わり。……でも、しばらくは神殿の所属みたいな形で、あの子も東区で働いていたはずさ」

「しばらく、ですか？」

「あたしもその頃に貧民街から引っ越しをしたから、今、何をしているかは知らないけど。……自分が拾った子があんなに偉くなったんだもの。さぞ自慢だろうね」

カノンは、続けてハナに尋ねてみた。

「お母様は、ユディットという名前だったと聞きました」

「そう、ユディット。――黒髪に、綺麗な紫の瞳をした娘でね」

カノンの脳裏に、セシリアの言葉が思い浮かぶ。

（ノアに似て綺麗な人だったんだよ。紫の瞳をして、ユディットっていう名前で）

「ユディットも、どっかで、元気にしているのかねえ」

懐かしそうに呟く彼女に、カノンは推測を告げることができなかった。

ロシェ・クルガの育ての母親のユディットと、ノアを産んだユディットは同じ女性だろう。

――だとすれば、もうユディットはこの世には存在しない。

カノンは、ハナに尋ねてみた。

「けれど、あの、噂で……ロシェ・クルガ神官は売られた、とも聞いたのですが……」

「売られた？　ユディットに？」

少なくとも、ロシェはそのように認識していた。金貨五十枚で、と。

「そんなことする娘じゃないよ。だいいち金をもらったなら、その後も東区に住まないよ。陛下の施策のおかげで今は東区もまともになったけど。昔はそりゃあ、ドブみたいだったんだから。ロシェがいなくなったあとのユディットの暮らしぶりも質素だったし」

「……そうですか」

ハナが知人らしき人に呼ばれたので、カノンは会話を終わらせた。

では、ロシェの記憶の中のユディットらしき誰かは、カノンに何を伝えたかったのか。

「やけに神官にこだわるな？」

ルーカスが面白くなさそうな声で聞くのでカノンは横にいる男を見上げた。

「これは噂ですけども、ルカ様。シャント伯爵は陛下を誘惑するだけでは飽き足らず、美しい神官様にも色目を使っているのですって。いかが思われます？」

ルーカスは妙に可愛らしい仕草で首を傾げた。

「さて……。俺の記憶では、シャント伯爵は皇帝陛下にベタ惚れのようだから、浮気の心配はしていない。――神官に限らず周囲に若い男がいることは気に食わんが」

　真顔で言われたので、カノンは笑いをこらえた。他人に悪しざまに言われているのは腹が立つが、ルーカスが信じてくれているのならばそれで十分だ。

「伯爵は仕事仲間として神官が気になっているだけです。なので、浮気の心配はないかと」

「ならば構わない」

　ルーカスは小さく笑った。

　浮気ではないが、神官の作り笑顔は気になる。辛そうで何とかしてやりたい、と言うよりも――どうしても少し前の自分を思い出して、憂鬱になるのだ。笑いたくもないのに、幸せでもないのに己を嗤うしかない、あの表情はかつてのカノンと全く同じものだ。

　ちっとも、大丈夫じゃないのに無理に笑うセシリアも。唯一の家族と離れたくないと泣くノアも。――カノンの近くで苦しむ三人の姿はかつてのカノンと重なる。自己満足かもしれないが、過去の己が苦しんでいるようで、見ていて、辛い。

　何かできることはないか、と思ってしまう。

「それはそうと――」

　ルーカスが思い出したように呟き、空中で手を振った。何もない空間から本が取り出される。

――皇帝が亜空間から物を取り出す場面は、いつ見ても驚く。

「姫君の持ってきた魔術書、使い方がわかったぞ」

カノンがあの日抱えていた魔術書のことだ。――セシリアの行動に反応して、カノンに少女の幼い頃の記憶を見せた。発動条件がわかるか、とルーカスに聞いていたのだが。

「先日、旅行記を一緒に見ただろう」

三百年前の情景を記録した本だ。

「あの魔術書と発動条件は似ているが、呪文(じゅもん)ではない」

「古代語ではないのですか？」

「いや、古代語なのは間違いないが……鍵(かぎ)は猫係の歌だろう」

カノンは、あ、と小さく声をあげた。確かに、カノンがセシリアの記憶を見た時――、少女は古代語で「歌」を口ずさんでいた。手を差し出され、カノンはその手を取った。

「詳しい説明は実物を見ながらの方がいいだろう。――宮に帰るか」

「はい」

カノンはルーカスの手を取った。

「――我が君と伯爵が合流できたようなので、ひと安心、ですね。レヴィナス様。私たちはそろそろ戻りましょうか」

カノンがルーカスと合流したのを、少し離れたところでシュートとレヴィナスが見守っていた。合流しようと思っていたのだが、人波が邪魔をして近づけない。

カノンとルーカスは人波の中にいてもやはり目立つし、そこにシュートはともかく、貴族然としたレヴィナスが交じってはごまかしきれなくなるかもしれない。

それに、とシュートはレヴィナスに聞こえない程度の小さな声でぼやいた。

「何しているんだかなあの黒づくめは……。急に里帰りして、内宮でぶらぶらしていると思ったら。――ヴァレリア様と、何かたくらんでいなきゃいいけど」

行きましょうかとレヴィナスを振り返ると、好青年を絵に描いたような青年貴族は、何やら物憂げに義姉を見つめていた。

「レヴィナス様？　どうかなさいましたか」

「いえ……、失礼。あのように楽しそうな義姉を見るのが初めてなので感慨深くて」

「左様ですか？　私には見慣れた光景ですが。お二人が仲睦まじいのはよいことですね。皇国のためにも」

シュートは深い意味もなく言って、行きましょう、と踵を返す。

「……そう、ですね」

レヴィナスは一瞬暗い視線でカノンを追って首を振り、シュートに従った。

「この本、ぜーんぶ!!　読んでもいいの？」

「もちろんよ」

「お部屋に持ち帰っても怒られない？」

「十日間だけね。読み終わったら返しに来て」

カノンは、東区にできた図書館で、子供たちに図書館のシステムについて説明をしていた。

東区の神殿の敷地内に使用していない建物がありそこを再利用させてもらうことで、東区の児童図書館も予定より早く完成させることができた。

今日は図書館の職員と、信徒の子供たちと、少し離れたところにある東区の孤児院の子供たちが三十人ほど来ている。物々しい式典などはない。

子供たちも緊張した様子もなく楽しげに参加してくれているので、カノンとしては嬉しい。

ロシェ・クルガは繁忙のために今日の参加は見送り、東区の神殿関係者が参加している。

「借りられるのは五冊まで。十日以内に返却できない場合は、しばらく本を借りられなくなってしまうから気をつけて。なくしてしまったり、破ってしまったら正直に言うこと！」

「弁償しなくちゃいけない？」

「理由によるわ。あなたがわざと破いたりしたら、お願いするかも——無理なことは言わないから何かあったら正直に言うこと！　皆が読む本だから、大事にしてちょうだい」

はあい、と子供たちは元気よく返事をした。本を失くしたら弁償——というのは表向きのルールで、しばらくは無条件で買い足すようにしている。

「赤字では？　館長殿」

「しばらくはルールを覚えてもらうための投資です。今まで子供向けの図書館がないのが問題だったんです。紛失や破損を恐れて利用してくれなくなったらその方が問題ですから！」

カノンが反論すると、黒髪黒目の青年——に変装したルーカスは「なるほど」とわかったような、そうでもないような顔で頷いた。

「改めて、北区と東区の児童図書館開館、おめでとうございます、館長殿」

今日はカノンの護衛騎士のふり、らしいのでルーカスは恭しく胸に手を当てた。

「ありがとうございます……、でも、ルカ様がわざわざ来なくてもよかったのに」

「視察だ、視察」

自称息抜きだろうな、とカノンは皇帝付きの騎士たちを思い浮かべて同情した。

「シュート卿とキリアン卿が泣いていましたよ」

「あいつらはどうせ俺がいなくて羽根を伸ばしているだろう」

子供たちは真新しい本を各々選びながら楽しそうにしている。

「あ、この本と似たものがうちにもあったよ」

子供たちが小さく歓声をあげる。

何の本だろう、と思ってカノンが近づくと子供たちは、極彩色の聖書を広げていた。

ロシェ・クルガが推薦してくれていた聖書だ。東区の児童図書館にもちろん寄贈されている。

何を思ったのか、ルーカスが子供たちと目線を合わせた。

「――それは高価な書籍だが、似たものが家にある、とはすごいな？　お坊ちゃまたち？」

ルーカスがぐりぐりと頭を撫でると、子供たちはくすぐったい、と身じろいだ。

「やめろよ、馬鹿！　せっかく綺麗にした髪が乱れる」

「馬鹿だなー、兄ちゃん。俺たちの服見ろよ。金持ちに見えるのか？」

カノンは「その馬鹿って言われている人、皇帝……」と遠い目をしたのだが、子供たちは気づく様子はない。

「馬鹿な俺にわかるように教えてくれ。金持ちでないお坊ちゃまたちの家になぜ聖書がある？」

子供たちは顔を見合わせた。

「俺たち、東区の孤児院に住んでいるんだけどさ」

二人とも両親はいるが、さまざまな事情で育てられなくなったのだ、とあっさりと言った。

「むかーし、東区にいた職員が色々と本をそろえてくれて」

「あと、建物の修繕とかもその人が自費でやってくれていたんだ」

「その本は、その人がそろえてくれた本のうちの一冊なんだ。めっちゃ綺麗だろ？」

「ああ、綺麗だな――こんなに美しい装丁の聖書は貴族でも持っていないだろう」

「その人が俺達にも分かるように書き込みもしてくれたんだ」

カノンは子供たちに、質問をしてみることにした。聞くまでもないのかもしれないが……。

「素晴らしい人がいらしたのね。本を寄付してくれた方の名前を、私に教えてくれない？」

子供たちは胸を張ると、声をそろえて彼女の名前を口にした。


「あ、おかえり、カノンー」

「伯爵、おかえりなさいませ」

カノンが皇宮に戻ると、中庭の芝生の上でジェジェと猫係、もといジェジェの世話係に就任したセシリアが運動の途中で休憩している最中だった。

相変わらずジェジェはまるまると可愛いので効果があるのかはわからないが、セシリアは出会った頃より頬が子供らしくふっくらとして血色がよくなっている。

「今日はね、セシリアにお土産があるの」

カノンは鞄から東区の児童図書館で出会った子供たちから借り受けた聖書を少女に渡した。

「綺麗な本」

「実は、これ、ユディットさんが東区の孤児院に寄贈した聖書なんですって」

　ノアの生みの親で、セシリアの義母だったユディット。彼女が昔働いていた東区の孤児院に寄贈していた——聖書だ。セシリア本のあちこちに書かれた文字をなぞった。

「母さんの文字だ！　母さんが遺したものって少ないんだ。だから……嬉しいな」

　セシリアが喜ぶ。質素に暮らしていたユディットが子供たちに遺せたのはわずかな日用品くらいのものだった。

　カノンは少女の微笑ましい様子に目を細め、それから少女に頼んだ。

「ねえ、セシリア。この前、歌っていた子守唄。私に教えてくれるかな？」

「——伯爵様に？　もちろんです！」

　少女は快諾し、カノンはどうにか古代語の歌を耳で覚え、夜更けに自室で魔術書を開いた。

　人に宿る記憶を、映像として具現化させる魔術書。

　それは生きている人に宿った記憶でなくても大丈夫だろうか。そうであればいい、と思いながらカノンは魔術書を古びた櫛と古代語の辞書を並べた前で開いた。

　辞書はユディットが両親から譲り受けたものだそうで、櫛は——ユディットが愛用していたというものだ。ノアの父親が送ったのだというそれを、彼女は大切にしていたとセシリアから聞いて、カノンは借り受けた。

「ロシェ・クルガとあなたの間に何があったか知りたいの、ユディット」

本当は、地下室に行って「色欲」の本を開きたいが、また魔力が枯渇する恐れがある。

地下室に頼らずに彼らのことを知ることができないだろうか。

カノンは魔術書に手をかざして――小さな声で古代語の歌を口ずさみ始めた。

手の中で、青白く、魔術書が光り、ほんのりと櫛も光る……。


――小さな影が。少年ロシェが雨の中、泣きながら走っていくのが見えた。ポディムは、彼に、ユディットの居場所を教えて。笑いながら言ったのだ。

『おまえは金貨五十枚で売られたんだ。――嘘だと思うのならば本人に聞いてみろ』

――貧民街にある、安酒を出す店にユディットは、いた。

美しい黒髪を結いもせずに背中に流し――紫の瞳に冷めた光を湛えて。

『母さん……』

雨に打ち据えられて震えている息子を、彼女は感情のない視線でとらえた。

『何をしに来たのお坊ちゃん。ああ、私にまたお金を恵みに来てくれたのかしら』

『ち、違う……僕は、帰りたいんだ。母さん！　神殿はもう嫌だ！　また二人で……』

女は隣にいた男にしなだれかかった。

それから、キッパリと強い口調で言い放つ。

『私はもう、あんたと一緒は嫌よ。大体、産んでもないのに母さんだなんてやめて』

ロシェはその場で立ち竦（すく）む。

『僕を、売ったの。ほんとうに、あなたが……』

女は顔を歪（ゆが）めてロシェの肩を押した。

少年はどすん、と無様に尻（しり）もちをつく。

『ええ、たったの金貨五十枚で！　……ロシェ。あんた優秀なんだって？　せめて倍で売ればよかったわ。もう、一銭も残っちゃいない』

雨が、ざあ、ざあ、と降り出した。酒場の木戸が軋（きし）んだ音を立てロシェから閉ざされる。ロシェは、のろのろと立ち上がった。

『嘘だった……』

ふらふらと、神殿へと戻っていく。

ばちゃん、と歩くたびに泥水が跳ねる。

『全部、嘘だった。あなたの優しさも、笑顔も、声も、優しい手も指も……、全部、金貨五十枚分の……たった！　たったの、金貨……』

泥でぬかるんだ道に、ロシェ・クルガは突っ伏した。

カノンは傘（かさ）を持っていないことをひどく申し訳なく思った。彼を雨から守る傘もなく、泥を拭（ぬぐ）ってやれる布も持たない。

『……う、……うう……あ、はは……っあはっはは！　ふ……』

鳴咽に交じって、歌が聞こえる。

雨を浴びて泥にまみれ、雨空を見上げながら、歌っているのはロシェ・クルガだった。


帰りたいとあなたは歌う。

あなたの故郷はどこにもないのに。

ただ、心だけでも飛んで。

安らげる場所で眠りたいと願う。


歌が途切れ、また、場面は切り替わる。

ロシェ・クルガは今のように穏やかな顔で笑っていた。

貴婦人に囲まれて微笑み、暗がりで忍んで会ってはそっと首に口づける。

『私は神に身を捧げています。あなたの想いには応えられません、夫人』

『いいのよ、ロシェ。たまに会ってその美しい声で聖書を読み、私を見つめてくれるだけで魂が浄化されそうな気がするの！　あなたが来てくれるなら、支援は惜しみませんとも』

『あなたの気高い魂が天上でも美しく輝きますように』

女性がこちらを向き、カノンはゾッとした。

仮面だ。白いつるりとした輪郭に三日月型の双眸がくり抜かれ、ニィッと笑みの形に口が描かれている。

仮面を被った女が何人もロシェ・クルガの口づけを待っている。

『美しい方』

ロシェの優美な指がカノンにも伸ばされた。

神官の肩越し、窓ガラスに己とロシェ・クルガが映るのを見て、カノンは悲鳴を上げた。

仮面だ。カノンの顔も仮面に覆われてしまっている。

「嫌！」

カノンが叫ぶと床に仮面が落ちる……。

ぱりん、と乾いた音がして、視界はまた、白と黒の二色になった。

色褪せた世界がまたカノンを出迎え、仮面の貴婦人たちも動きを止める。

『ロシェ・クルガは憎んでいるの』

呟いたのは、フードの女だった。フードが風になびいて彼女の美しい顔が露わになる。

黒髪が風に乱されるのをそのままに、彼女は悲しげにカノンを見た。紫の瞳から、ぽろぽろと涙の粒が零れ落ちていく。

『……ユディット』

『育ての親から売られた過去を。裏切られた理想を……憎んでいる』

目の前のロシェ・クルガがゆっくりと動く。仮面の貴婦人は彼の手を取るとクルクルとオルゴールの上の対の人形のように踊り始めた。

『彼女たちが欲しいのは美しい人形だけ……神の言葉なんか欲しくないのだ』

ロシェ・クルガが言い、人形が楽し気に跳ねる。

『ええ、そうよ。私たちはただ、耳に心地よい音楽が聴きたいの』

貴婦人たちが声をそろえる。ロシェ・クルガは顔を歪めて貴婦人の手を払った。

『――神殿は腐っている、汚い。いっそ、――崩れてしまえばいいんだ』

苦悩する神官の元に、一人の少女が歩み寄った。

綺麗なストロベリー・ブロンドの美しい少女、カノンはそれが誰だか知っている。

異母妹のシャーロット・ローゼッタ・ディ・パージル。

この物語のヒロインで、攻略対象たちを闇から救う人物だ。

『私がロシェ・クルガを救ってあげなきゃ……、だって、彼は苦しんでいるもの！』

真摯な眼差しで神官を見つめ寄り添う姿は、カノンが見たことがないものだ。彼女はいつも自己中心的な少女だった。

『ああ、シャーロット。君は女神だ。――どうか、私を助けてくれ』

『大丈夫、ロシェ・クルガ。私、頑張るよ！　あなたを助けてみせる！』

二人の芝居がかった台詞にカノンは聞き覚えがある。

ゲームの中でヒロインが必ず言う台詞だったからだ。だが、カノンの視線に気づいてシャーロットはまるで別人のように憂いを帯びた表情でこちらを振り返る。

シャーロットがカノンを見ていることに気づいて、カノンは驚きのあまり動きを止めた。

『本当はそのはずだったんだけど……ね』

シャーロットはすっとロシエ・クルガから離れた。異母妹は、見たことがない親しげな表情を浮かべ、カノンに手を差しだした。

『この道には私はいない。だから私じゃ、彼は救えない。無理なの。……だから、カノン』

言いながらシャーロットが小さな光の欠片になって、花弁が散るように消えていく。

……あなたが救わなくちゃ。

耳に聞こえたのは、誰の声だったのか。

ロシエ・クルガは独り残され、消えたシャーロットの影をかき抱いて、悲嘆に暮れている。

気配もなく再びカノンの隣に現れたユディットは静かに言葉を紡いだ。

『……ロシエ・クルガは絶望しているの……。私が、間違っていたから』

『母親であるあなたがロシエを裏切ったから？』

カノンの問いに女性は顔を覆った。

『私があの子を拾ったのは善意からじゃない。寂しかっただけ――。なのにあの子は私を母さん、と慕ってくれた。運良く二人で中央区の孤児院に身を寄せることができて……きっと幸せになれると思ったのに』

カノンは、恐るおそる尋ねた。

「あなたはロシェを売ってなんかいないんでしょう？」

女性は顔を覆う。

『いいえ、売ったわ。……たったの金貨五十枚で。私はあの子を売った』

「けれど、あなたはそのお金を東区の孤児たちに使ったわ。私利私欲のためじゃない」

東区にいた子供たちが自慢してくれた。昔、東区の孤児院にいたユディットという人が子供たちのために本を買ってくれたのだと。

ユディットの顔が歪む。

『それでも、私は、ロシェと離れるべきじゃなかった。あの子にあんな顔をさせるなんて』

ガラガラと、ユディットの足元が崩れていく。

カノンはバランスを崩して、床に沈んだ。

『あの人が、それがいいと、言ったの』

「……あの人？」

『私がロシェと離れたら、皆が幸せになれると。いつか私の事も迎えに来てくれるって……』

仮面の貴婦人たちも、ロシェ・クルガも崩壊していく床と共に奈落へ落ちていく。

手を伸ばしたけれども、間に合わない。

『私は間違えた――間違えてしまった。愚かだったのよ』

女性もまた、ガラガラと崩れていく。

「教えて。あなたは何を間違えたのっ……あなたに嘘を強要したのは、誰……！」

カノンは女性に問いかけたが、手を伸ばした先で、女性はガラス細工のように砕けていく。

『こどもたち……私の……』

「ま、待って！」

カノンの指が触れた箇所からユディットは破片のようになっていく。

キラキラと落ちていく破片には、彼女の記憶なのだろうか、何人もの人が映っている。

幼いロシェ・クルガ。彼と話していた神官の顔も破片の中に映し出される。

それから。小さな手を必死に彼女に伸ばす、男の子と女の子の姿もあった。

「ノア、セシリア――」

『どうかお願い、私のこどもたちを――、たすけて……』

光が消えていく。

ここまでか、とカノンは深くため息をついた。ノアの父親が誰か、という手がかりがあればいいなと思ったのだが……。落胆するカノンの目の前に、ひらひらとユディットの形をしていた魔力の欠片が落ちてくる。――窓も開いていないのに、はらり、と辞書のページがめくれた。

何とはなしに、カノンは辞書に視線を向ける。

ノア……、と書かれた文字に目を留めて、あ、と口を開いた。――セシリアに、ユディットは父親のことをちゃんと伝えていたではないか。誰も、気づかなかっただけで。

ノア、という名前はありふれたものだが、同じ発音の単語が、古代語としても存在する。

古代語でノアは自由。

あるいは――船。

◆◆

「お呼びですか、ポディム聖官」

ロシェ・クルガは普段着のまま神殿の一画にある豪奢（ごうしゃ）な部屋の前で足を止めると、その扉を叩（たた）いた。神に仕える人々にも名目上、休息日というものは存在する。

半月ぶりに何の予定もない休みに喜んで机で本を読んでいたロシェ・クルガは上官からの急な呼び出しにうんざりと首を振った。――だが、ロシェ・クルガが彼の前に行かなければ代わりに誰かが叱責（しっせき）されるだろう。

「入れ」

ロシェ・クルガが執務室に足を踏み入れると、聖官たるポディムは眉間（みけん）に皺（しわ）を寄せて布張りのソファに腰かけ、苛々（いらいら）と右足を動かしている。数年前、神殿に十三名しか存在しない聖官の末席に座ることになったロシェの上司は、ロシェ・クルガを見るなり怒りを露わに机の上にあった燭台を投げつけてきた。

躱せる速度だったが、あえて避けずにいると、魔を祓うという銀の燭台はロシェ・クルガの肩に当たって、カシャンと乾いた音を立てて落ちた。

ひ、っと小さく悲鳴が聞こえる。

ロシェ・クルガにノアの不調を報せてきた少年が部屋の隅で固まっている。その頬が赤く腫れているのを見て、ロシェ・クルガは心中で目の前に踏ん反り返る慈悲深き聖官殿を嘲笑った。

今も昔も暴力で他人を従わせることが好きな男だ。そして、それを神の意志だと本気で信じている節がある。

少年時代に受けた数々の躾と称した暴力を思い出しながら、ロシェは目を伏せた。

多くの同胞を踏みつけても良心の呵責を抱くことなく、神の代理人だと恥知らずに言い放つのだからその精神の強さだけは認めてやってもいい。

「なぜ、あの子供を地下牢から出した」

苛立たしげにポディムが尋ねる。

ロシェ・クルガは頭を下げた。

「高熱を出しておりましたので、治療をしております」

「熱は下がったのだろう、いつ魔力が暴走するかわからないのだ、早く地下牢に戻せ！　わざわざ無関係な孤児まで呼んで……」

苛立たしげにポディムは机を叩いた。さらに無抵抗なロシェ・クルガの顔を平手で打った。銀の指輪が当たって、口の端に血がにじむ。

「セシリアを神殿に連れてきたのは私ではなく、シャント伯爵です」

無論、そうしてくれと頼んだのはロシェ・クルガだが。

ポディムの眉間に皺が寄る。彼は皇女ヴァレリアと親しいが、シャント伯爵延(ひ)いては皇帝の機嫌は取っておきたいのだろうと察して、ロシェ・クルガは素知らぬ顔で言葉を続けた。

「伯爵は慈悲深いお方です。離ればなれになってしまった姉弟の境遇に同情したのでしょう。ノアを地下牢に戻すとおっしゃいますが、伯爵がまた神殿に来られた時になんと説明すればよいのです？　ご不興を買うのでは？」

「シャント伯爵が、また、おいでになると？」

「数日おきに、ノアに会いに来るとおっしゃっていましたよ」

これは嘘だ。

嘘を滑らかに紡ぎ出す私の舌をお許しください神よ、とロシェ・クルガは天上におわす大神に語りかけた。そもそも、私をそういう風に作ったあなたが悪いとは思いますが。

ポディムは涼しい表情を崩さないロシェ・クルガを一瞥(いちべつ)した。

「……とにかく、おまえの部屋に置いておくのはやめなさい。特別扱いをしてはならない」

「承知いたしました。しかし、聖官がそのようなことをおっしゃるとは、意外ですね」

「何がだ」

男は虫を払うような仕種で、己の顔の前で手を振った。

「古代人の血を引く子供を集めよ、とは大神官様の御意向です」

強い魔力を持つ子供は貴重だ。魔力を強く持つ人間が貴族以外には少ないこともあって、平民出身の魔力保持者を勧誘することは神殿関係者に課せられた責務と言ってもいい。

「大神官様に忠実なあなたが、魔力の強い子供を忌避するとは。——傘下に加えようとは思わないのですか」

ポディムは咳払いをした。視線がなぜか苦々しげに泳ぐ。これは、奇妙なことだった。

「忌避などしていない。魔力の高い子供を見つけたことについてはお前を褒めておく。だが、魔力が暴走しないとは限らないのだ、何か問題を起こさないように、魔力が安定するまでは私の監視下に置く。いいな。話はそれだけだ——部屋に戻るがいい」

ノアの母親が誰なのか知っているか、と尋ねるために口を開きかけ——やめた。

この男が正直に話すとは思えないし、ユディットのことを覚えているかも疑問だ。

「すべて仰せの通りに」

殊勝に頭を下げると、ポディムは機嫌を直したようだった。

「おまえに厳しく当たるのは、私がおまえに期待しているからだ。わかるな？　信頼の証に、この指輪を渡しておこう」

銀の指輪を押し付けられて、ロシェ・クルガが訝しんでいると、ポディムは自慢げに笑った。

「皇女殿下からの贈り物だ。私と、お前に。この指輪を示せば皇女殿下のサロンに自由に出入りできる。これからも真心をもってお仕えして――寄付をいただくように。よいな？」

「承知いたしました」

ロシェは、目を伏せて一礼し、部屋を出る。部屋の隅で震えていた少年も連れ出すと、彼はおろおろとしながら、ロシェ・クルガの後をついてきた。

「あ、あの。ロシェ・クルガ様」

「どうかしましたか？」

怯えた声で話しかけられ、ロシェ・クルガは薄く笑う。おまえのしたことなど、まるで興味がないと知らしめるために、少しの不快もにじませず、いつも通りに。

――少年はそのロシェ・クルガの態度が堪えたのだろう。

震えながら、崩れ落ちた。

床に這いつくばって、涙ながらに謝罪する。

「お、お許しください。あの少年のことを伝えたのは、私です。――ポディム様に詰め寄られて、黙っておくことができませんでした」

ロシェ・クルガはにこりと微笑んだ。おもむろに、手を取る。

「君の頬を見れば、何があったかはわかる。怖かっただろう？　聖官は厳しいところがおありになる。けれど恨んではならない。あの方は神殿のことを常に考えておられるのだから」

正しくは、神殿に入る寄付金のことを常に勘定している。

「はい」

ロシェ・クルガが優しく頬に触れると、少年は感動したように目を潤ませ、頷いた。

内心でそんな少年にため息をつく。微笑んで、優しい言葉をかければすぐに落ちてしまうような人間では、側(そば)に置く気にはならない。

ロシェ・クルガでなくても微笑む人間には容易(たやす)く尻尾(しっぽ)を振るだろう。

「あなたのことは信じていますよ。——あの哀れな少年が、ポディム聖官から折檻(せっかん)を受けそうになったら……止めずに、私に報せてください」

「はい、必ず」

ロシェ・クルガは少年に微笑むと、自室へ戻ることにした。

あの、ノアという名の子供がどうなっても知ったことではない。

己と同じように魔力を評価されて神殿の手足になるのだ。

衣食住が保障される代わりに、身体(からだ)の自由を奪われる。

「……孤児でいるより、幸せなはずだ。飢えることもない」

そう言いながら、ポディムや彼の息がかかった神殿関係者から強(し)いられた奉仕や、屈辱的な処罰が次々に思い浮かんで、ロシェ・クルガは口元を押さえた。

吐き気がする。

「……ユディットの、せいだ」

あなたが僕を捨てたから。

こんな汚いところで息をしなければならない。

――本当に？

歩みを止めて、ロシェ・クルガは神殿の壁に身体を預けた。

セシリアが歌っていた子守唄が耳から、離れない。

その歌は、少女が母親のユディットから教えてもらったという古い歌だ。

古代語の歌だから知っているものも限られているだろう。

偶然……同じ歌を、同じ名前の女が歌っていただけだ。

別人だと思うのに、疑いが捨てきれない。

金貨、五十枚で自分を売った女。

優しい言葉と態度でロシェを愛玩して、最悪な裏切り方をした、最低な女。

では、どうして子供たちはユディットを優しい母親だったと慕っているのだろう。

そして……亡くなっていたとは……。

やはり、別人ではないのか。別人に違いない。

そう思う一方で、同一人物だと確信している自分がいる。

他人だと言い切るには、ノアはひどくユディットに似ている。

「――今更」

ロシェ・クルガは首を振った。

どうでもいいことだ。今更。真実が何であったにしろ、もうあの暮らしは戻らないのだから、考えるだけ無駄なことだった。

――重い足取りで執務室に戻ったロシェ・クルガは下女から報告を受け取った。

シャント伯爵の侍女の名前を聞いて彼は眉間に皺を寄せた。

至急で伝えたいことがあるという。

伝えたいことがあるなどとは、おそらく口実だろう。彼女はただ、恋焦がれる「美しい神官」とひと時の逢瀬を過ごしたいだけ。追い返そうかと思ったが、シャント伯爵にも、その侍女にもまだ使い道がある。聖官になるには皇宮内の情報は必要だ。

そう思うのに足は重い。

「――聖官になるのは、なんのために、だ」

ロシェ・クルガは自嘲した。地位を得て、栄達を突き付けてやりたかったのはユディットにだ。――悔しがる彼女を見下ろして微笑んでやりたかったのだ。

ありがとう、母さん。――あなたがたった金貨五十枚で売った子供は、その何倍もの価値があったのだと突き付けて、胸のすく思いをしたかっただけ。

「醜い……」

——何より己が、一番、醜い。

ロシェ・クルガは重く足を引きずりながら待ち合わせの場所へ向かった。

◆◆

シャント伯爵の侍女たちには、王宮からドレスが支給される。あまり裕福な家門出身ではない男爵令嬢は流行のドレスを纏（まと）えるのがよほど嬉しいのか、いつもロシェ・クルガの元には華やかな装いで現れる。

侍女は、ロシェ・クルガの姿を見つけると、笑顔で駆け寄ってきた。

「神官様」

「お待たせいたしました、侍女殿」

珍しいことに侍女はいつものように華やかな絹のドレスではなく、質素な麻のドレスを身に纏っていた。……侍女の主（あるじ）であるシャント伯爵が身に纏っていた仕事着に似ている。

「侍女殿も、シャント伯爵と、同じドレスを着られるのですか？」

ドレスが好きな侍女にしては珍しいことだ。

訝しみながらも、ロシェ・クルガは笑顔で彼女の前に立った。

「ええと、——図書館をお手伝いしていたのです」

慌てふためいた答えに、ロシェ・クルガはそうですか、と呟いた。彼女の内面にさほど興味はないのだ。それよりも彼女の訪問理由が気になる。至急の用件、とはなんだろうか。

「急なお越しですね。いかがなさったのです？」

「実は――。シャント伯爵がゾーイ子爵のところへお出かけになったのです。どうも、聖官選挙でゾーイ子爵の縁戚の方を支援するお話が進んでいるようで」

ロシェ・クルガは動きを止めた。

「……ゾーイ子爵に……」

聖官選挙まで、もう日がない。

選挙は百名からなる上級神官の票で決定するが、皇女の表立った支援からロシェ・クルガの当選は確実視されていた。候補者を熱心に後押しする神殿上層部や皇女に比べ、ルーカスは基本的にはこの選挙には関わらないという態度を貫いていたからだ。

ロシェ・クルガが新しく聖官になれば、皇帝と距離を置きたがる派閥の聖官は七名になる。神殿で決定される諸々が――、皇帝の意図とは乖離したものになっていくだろう。

もはや聖官などどうでもいいような気もするが、とロシェ・クルガは力なく笑った。

無自覚に銀色の指輪を撫でる。

――皇女のサロンに自由に出入りしてよい、とポディムから渡されたものだ。

扉は開かれている。今更引き返すわけにもいくまい。

選挙に落選すれば、皇女やポディムからどのような扱いを受けるかわかったものではない。

――彼らに対抗するためにも、力は必要だ。

「シャント伯爵が他に何を言っていたか教えていただけますか？」

じっと覗き込むと、侍女はいつものようにぽっとなる……のではなく、一瞬、後じさった。

ロシェ・クルガが侍女の手を取ると、彼女はいつものようにニコニコと微笑む。拒絶された、と感じたのは――勘違いだったようだ。

「ロシェ・クルガ様。今日はどこへ連れていってくださるのですか？」

「――侍女殿が喜ぶところならどこへでも――まずは……」

ロシェ・クルガが挙げた店名は、首都ルメクでも評判の店だった。

「マダム・エルザのお店ですね。嬉しいわ、一度行ってみたいと思っていたので」

「それはよかった」

ロシェ・クルガは侍女の手を取る。人に見られないように馬車に乗るべきだろう。しかし、侍女が一向に動こうとしないので、ロシェ・クルガは足を止めた。

「侍女殿？」

やはり、今日の彼女は変だ。

いつもならば、仔犬のように喜んでロシェ・クルガとの時間を楽しむというのに。

「どうなさいました？　体調が悪いのならば神殿内で話を伺いましょう……」

不審がるロシェ・クルガが、侍女の手を放そうとする。

その気配を察知したのか、にっこりと笑った。

「我が名において、命じる。——我が友を拘束せよ」

女の命令に、しゅるしゅると絹の紐が伸びて、侍女とロシェの手首をがっちりと結びつける。

「な——っ、何を……」

「女性の純情を弄んでおいて、危険を感じたら逃げるのは……教義的にどうなんですか？」

ロシェ・クルガが身を引こうとするが、侍女はニコニコと笑ってそれを逃さなかった。

「——マダム・エルザのお店に一緒に行ったのは、男爵令嬢のエミュレ様とでしたよね？　それにダノン商会のシンシア殿もエスコートしたことがあるはず」

「何のことです……っ、この紐、を、外してください」

「外れませんよ。なにせ作ったのはルカ様ですから。並大抵の魔力では敵わない」

にこにこと笑いながら彼女は続ける。

「——マダム・エルザのお店が嫌だと言ったら、次のレストランは星空の犬亭に連れていってくださる？　庶民的な名前なのに個室もあって、元侯爵家の料理人がいて。美味な料理が出ます。——ロシェ・クルガ様がマダム・テュエリーとマリアンヌ様と食事したのでなければ、ご一緒したかったかも」

「あなたは……侍女ではないな、誰だっ……」

彼女は、空いた手でロシエ・クルガの胸を押した。

長身の神官はよろけてたたらを踏む。

「調べはついているんですよ、神官様」

ぐらり、と彼女の姿が揺らぐ。

「……シャント伯爵」

ロシエ・クルガが呻くと、彼女の姿は金髪の男爵令嬢から、黒髪に翠色の瞳をしたカノン・エッカルトに変化する。変身魔法か、とロシエ・クルガは舌打ちした。カノンにそのような術は使えないはず。だが、皇宮にはその使い手がいるだろう。

彼女は、強い視線でロシエ・クルガを睨んでいた。

「侍女を使って、私の身辺を探るなんて卑怯ですよね？　私、怒っているんです」

◆◆

ロシエ・クルガはご婦人たちに人気がある。

神官が特定の異性と個人的に付き合うのはタブーだろうが、寄付をしてもらう代わりにロシエ・クルガが彼女たちを個人的に接待しているのは、一部では有名な話だった。先ほどの具体的なロシエ・クルガの支援者名については社交界に詳しいミアシャからの情報提供だ。

貴婦人がロシエ・クルガと遊ぶのは構わないとカノンは思う。けれど――。

「純粋にあなたに憧れている若い女性を利用するのは感心しないわ。あなたのせいで、彼女の王宮での出世の道は絶たれてしまった」

主人の予定を外部に漏らす侍女は王宮には置いておけない。働き者で、可愛らしい男爵令嬢は、職を追われることになる。——彼女に悪気はなくとも、そうでなければ示しがつかない。

カノンは手首を拘束されたロシェ・クルガにじりじりと詰め寄った。後ずさるロシェ・クルガの背中が壁にどん、と突き当たる。

「デートに誘っていただけるなら、他の方が神官様と行かなかったところがいいわ。拒否権はありません。もし拒絶するなら……あなたが今まで秘密で個人的なお付き合いをしていた皆さま全員呼んでお茶会でも開催しようかしら。ロシェ・クルガ神官の美しい声で聖書を読んでいただけるなら、皆喜んで参加してくれると思うの」

ロシェ・クルガは鼻白んだ。

「皆さまが応じるとでも？　あなたに反目する立場の貴族も多いでしょうに」

カノンはふふん、と笑い鞄の中に忍ばせていた、小さな手帳——いや、本を取り出した。

「私を誰だと思っているの？　虎の威を借るのが得意だと褒めたのはあなたでしょう。もちろん、皇太后様のお名前でお茶会を開催するに決まっているわ」

「……なっ」

皇帝の伴侶が不在の今、皇国で一番尊い女性は皇太后だ。その誘いを断る人間などいない。

「私のお願いで、皇太后様のサロンにはなぜか先ほどの方々が皆、招かれているの」

神官は絶句した。

「理由は――神殿の寄付に熱心な方々を表彰する、とかの名目だったかしら。皇太后様のお茶会に呼ばれて皆様が喜んでおられる最中、私があなたと腕を組んで仲良く闖入したら、血を見るのではないかしら？　選挙前に複数の女性とのスキャンダルは――さすがによろしくないでしょう？」

「脅しですか！」

「もちろんよ、ロシエ・クルガ。――あなたが先に罠を仕掛けてきたじゃない」

カノンは手帳のページを開く。

手帳には転移の印が刻んである。

「――どこに……向かうおつもりですか、まさか本当に皇宮へ？」

「デートをしましょう、ロシエ・クルガ神官――場所はあなたに選ばせてあげます。あなたの信奉者がそろい踏みの皇宮がいいか、――私のお招きする場所がいいか」

ロシエ・クルガは苦虫を千匹は噛み殺したような顔をして、ため息をついた。

「……皇宮以外で、お願いします」

「わかったわ」

カノンは魔術書に手をかざし、命じた。

「風の主よ。我を定められた場所に導け！」

馴染みのある浮遊感が身体を覆い、白い光に包まれる。――次の瞬間、カノンたちは、古びた建物がいくつも続いている通りにいた。

「――ここは」

「東区の一画です。住民たちは貧民街だと自称していたみたいだけれど。――建物が老朽化して、五年前から人は住んでいないみたいですけどね。昔は――」

ロシエ・クルガは大きくため息をついた。

「私も住んでいた、ですか。――よくご存じで」

カノンは肩を竦めた。

「そろそろ、この紐を外してもらえますか、カノン様――逃げたりはしませんから」

「本当に？」

「疑い深いな。逃げたら、もっと面倒なことになりそうですからね」

カノンが紐を解くとロシエ・クルガはやれやれ、と手首を摩った。

「女性に縛られたのは、初めてですよ」

悲しげに涙を拭う仕草をされてカノンは頬を引きつられた。

逆ならあるのだろうかとうっかり問い質したくなるのをカノンは耐えた。

「誤解のある言い方をしないでください。軽口を叩くたびに減点一、ですからね」

「それは、それは。その点数が貯まると、どんな楽しいお仕置きをされるので？」

「そうですね、ノアにあなたの悪い噂を十個くらい吹き込もうかな」

ロシェ・クルガは実に嫌そうな顔をした。

「嫌ですよね？　だって、ノアはあなたの弟ですもの」

ロシェ・クルガは、諦めたように口を開いた。

「血は繋がっていませんよ……どこまで、ご存じで」

「半分は推測です。あなたを神殿に紹介した女性の名前が東区にいたユディットで、姉弟の母親の名前が一緒だったことを知っているだけ。偶然にしてはできすぎているな、と思って」

魔術書で見た映像からユディットが「同一人物」だとカノンは確信していたが、それを話しても信じないだろう。

「ユディットなんてよくある名前でしょう」

「そうね。けれど、古代人の血を引く、珍しい紫の瞳のユディット……、は多くないわ」

姉弟は、中央区の孤児院にたどり着くまではユディットと一緒にこの東区で暮らしていた。

「こちらへ、どうぞ」

カノンは振り返らずに歩みを進める。五分ほど歩くと古ぼけた赤煉瓦の建物が見えてきた。

門扉の前には騎士姿のラウルが立っていて建物を示した。

「こちらでございます、お嬢様」

「ありがとう、ラウル」

　建物の東側は一部、煤けた跡がある。

「孤児院が、どうかしましたか――カノン様」

「あなたが神殿に引き取られた十五年前は……、古代人の血を引くとわかれば、神殿に迫害を受けていたでしょう？　だから――ユディットさんは、あなたを泣くなく手放した。――育ての母親とはいえ古代人が身内にいたら、あなたの将来に悪影響だと言われて」

「彼女も納得した上だったでしょう。彼女は美しい人で――私さえいなければ楽に暮らせたでしょうから。もっと高値で売れればいいとは思ったかもしれないが」

「そうね。そう思ったと思うわ。実際、金貨五十枚じゃ足りなかったんですって」

　カノンが言うと、ロシェ・クルガは訝しげにカノンを見返した。

「あなたが神殿に引き取られて少し経った頃、この孤児院で小火騒ぎがあったの」

　すぐに火は消えたが、孤児院の備品の多くは燃えてしまった。

　神殿の末端で働いていたユディットは、神殿にも寄付をしてもらえないかとかけ合った。

　しかし、神殿は「孤児院は皇宮の管轄だ」と訴えを無視したのだという。

「けれど、一人だけ、彼女に資金を融通してくれる人がいたんですって」

「それは、誰です？」

「私が話すよりも、彼女の記憶を直接見た方が早いと思う」

「見る？」

カノンはラウルに合図をした。

ラウルが、カノンが地下室で手に入れた魔術書と、女性ものの櫛を差し出す。

「セシリアから貸してもらったの。――、ユディットさんの使っていた櫛なんですって」

「……ユディット」

カノンは、ロシェ・クルガに櫛を渡し、魔術書を開く。

――カノンが見た情景を、ロシェ・クルガも見ることができるだろう。

「私、歌はあまり得意じゃないので――大目に見てね」

カノンは、息を吸い込んだ。

◆◆

中央区の神殿で黒い髪に紫の瞳をした、華奢(きゃしゃ)な女性は神に祈っていた。

大神はいつものように、傷一つない美しい顔で彼女を見下ろしている。

『どうか、今度こそはあの子に会えますように。ロシェ。元気でいるのかしら』

トゥーラン皇国の神は信徒の願いを叶(かな)えてくれる存在ではない。

神殿の偉い人々から、そう何度も諭(さと)されているけれども、彼女はつい神様に願い事をすることをやめられない。古代の人々が神に願いを託したように、数か月前に別れた息子と今日こそ会えるように、と願ってしまう。

しばらくそうしていると、困ったような男の声が聞こえてきた。

『また、君か。ユディット』

『……ポディム神官……』

ユディットは慌てて頭を下げた。

優しげな顔立ちのこの男はポディムという。

彼はつい最近、ユディットの大切なロシェの後見人になったのだと聞いた。

神殿でも将来が嘱望されている若手なのだと皆がポディムを褒めそやす。

だが、ユディットは彼が苦手だった。ポディムはいつも冷たい視線をユディットに注ぐ。それなのに、彼女を見かけると必ず話しかけてくるのだ。

彼女が何か罪を犯したかのような険しい視線で眺めながら、触れる手はなぜか優しい。

『何度でも参ります。最初のお約束では私とロシェは一緒に暮らせるはずでした。けれど、私は不要だと引き離され、会うことも叶いません……せめて、一目』

はあ、とポディムはため息をつき、指でユディットの顎を持ち上げると無遠慮に眺めた。

『君は美しいな、ユディット』

『……とんでもないことです、ポディム神官』

『いいや美しいとも。皇宮に出入りする高級娼婦ですら君ほどの美貌の持ち主はいない。——

その美しい瞳を潤ませて、今まで大勢の男に多くのことを叶えさせてきたのでは？』

ユディットはまさか！　と反論しようとしてやめた。

ここで、この男の機嫌を損ねては、何もならない。

『残念ながら、私は君の色香に騙されることはない』

それは宣言のようだった、ユディットに言い放つというより、己を納得させるような。

『――息子のことは諦めろ。最初から、知り合いですらなかったことにしなさい』

『なぜです！　あの子は私の』

ぴしゃり、とポディムは反論を遮った。

『古代人と関係があることがどれだけあの子の足を引っ張るか――わからないのか？』

ユディットは息を呑み、己の瞳を隠す。

『神殿は身分の低い者には冷たい、そんなことは私がよく知っている。だが、彼には素晴らしい異能がある。きっと出世するだろう。――足を引っ張る身内がいなければ』

『わ、私の瞳は紫ですが……古代人と関係は……』

『ごまかすな。――不思議な歌を歌っていただろう？　私があの言葉をわからないとでも？　あれは古代の言葉だ』

ポディムは逃げようとするユディットの腕を取った。

『私にも慈悲の心はある。ただで君を帰そうとは思っていない。――君が熱心に慰問している東区の孤児院が、火事で困っているそうじゃないか？』

金貨を五十枚やろう、とポディムは金の入った袋を押し付けた。

乱暴にユディットの手を引いて神殿の外に出るとポディムは吐き捨てた。

『その瞳で、私を見るな』

ユディットは目を伏せた。

『言っておくが、これは私から君への純粋な支援だ。——君は、孤児たちを救える。君の大事な息子は足を引っ張る古代人の義母と縁が切れる。いいこと尽くしじゃないか』

ポディムの言うことはもっともだった。

ロシェのためにはこれでいい。会わない方が、いい。

『君が息子を諦めないと言うのならば。君の出自を告発する。古代人の血を引く者は首都からは追放だ。私ならもっと重い罰を課すこともできる。君だけでなくロシェも一緒だ』

——ユディットは、頷くしか……なかった。

場面が切り替わる。

数年後、久々に会った息子は背が伸びていた。柔らかいだけだった頬が少年の形になっているのに気づいて、ユディットは泣きたくなった。

雨の中駆けてきたのだろう、泣きながら縋(すが)り付いてくる少年を突き飛ばして、ユディットは息子を、口汚くののしった。

『僕を、売ったの。ほんとうに、あなたが……』

ユディットが顔を歪めてロシェの肩を押すと、少年はどすん、と無様に尻もちをつく。

『ええ、たったの金貨五十枚で！　……ロシェ。あんた優秀なんだって？　せめて倍で売ればよかったわ。もう、一銭も残っちゃいない』

ユディットの言葉に傷つき、泣きながら去っていった子供の背中が見えなくなったところで、ユディットは床に崩れ落ちた。

『君は女優になれそうだな、ユディット』

背後で酒を飲んでいた男が嗤う。

『……ポディム神官』

『君は正しい選択をした。彼は二度と市井に帰りたいなどとは言わないだろう。彼は逃げ場を失い、神殿で学び多くの人を救う……ユディット。悪役を演じるのは辛かっただろう？』

ポディムは慈悲深い笑顔でユディットを慰めた。ユディットはロシェ・クルガの去った方角をぼんやりと眺めながら、男が自分の髪を撫でるのを他人事のように感じていた。

カノンが歌を終えると、ロシェ・クルガはその場にしゃがみ込んだ。
白髪の神官は無言で、櫛を見ている。

　カノンと同じ記憶を、ロシェ・クルガも見たはずだ。

「……あなたは嘘つきですね」

「嘘？」

　カノンが訝しげに繰り返すと、ロシェ・クルガは笑いながら髪をかき上げた。

「お上手ですよ、歌――可憐な小鳥のさえずりみたいだ」

　カノンが半眼になると、ロシェ・クルガは苦笑した。

「冗談です。――でも嘘つきではないですか。魔法は使えないとおっしゃっていたのに……先ほどの光景は、なんです？　あのような精巧な幻覚まで作れるとは――」

「私は魔術書を使ってユディットの記憶を覗き見て……、あなたと共有しただけ」

　ロシェ・クルガはなるほど、と言った。

「おせっかいにも、私に、私の母親の記憶を見せたのはなぜです？」

「以前、おっしゃいましたよね。母親から捨てられたって。セシリアとノアの話を聞く限り、ユディットさんがそんなに悪い人に思えなくて。誤解があるならそれを解きたかったの」

「誤解を解いて、どうするんです？」

　床に座り込んで片膝を立てたまま、ロシェ・クルガが嗤った。

　カノンではなく、自嘲しているように思える。カノンは自分もしゃがみ込むと、ロシェ・クルガに視線を合わせた。

そして。

「……カノン様？」

カノンはロシェ・クルガに深々と、頭を下げた。ロシェ・クルガがたじろぐ。

「やっぱり、ノアを神殿に行かせたくないと思っています」

ノアがこの神官の右腕になってカノンを断罪する未来があるから、……だけではない。

「少なくとも、ノアが納得しないまま、セシリアと離ればなれにするのは良くないと思います。大人の都合で子供の未来が捻じ曲げられていくのが辛い」

「同情ですか？」

「それもあるけれど——。私も、そうだったから」

パージル伯爵グレアムは、カノンと母を愛さなかった。

カノンを放置するだけでなく、鈍い悪意でいつも娘を虐げていた。おまえを愛していないのだ、とこれみよがしに示し続けなければ気が済まない人だった。

本来ならば何不自由なく育つはずだったカノンは家を出るまで、ずっと一人だった。

グレアムが、どうしてそこまでカノンを憎んでいたのか、今でもわからない……。

「独りは寂しいもの」

今は、寂しくない。

皇宮には皇太后ダフィネやラウルがいて、ミアシャやジェジエも一緒に笑ってくれる。

それに、ルーカスが側にいてくれる。

当たり前のように。側に。

「寂しい子供を、増やしたくないの。あなたや私にみたいに」

「……」

「同じ思いを、セシリアにもノアにもさせたくない」

カノンが言うと、ロシェ・クルガはやれやれ、とぼやいて立ち上がった。

「……私も、愚かですね」

ロシェ・クルガは嘆息した。

「冷静になれば、ユディットがいなくなった理由なんか、わかりそうなものなのに」

「ロシェ・クルガ……」

「それでも。母が私利私欲で私を売ったのだと。そう思わなければ……母が私から離れたことが受け入れられませんでした。私のことを思うのなら、一緒に逃げてほしかった、と思いますよ。いまでも」

手を差し出し、ロシェ・クルガはカノンを立たせた。

「カノン様の依頼は、わかりました」

「協力してくれますか？」

「それはノアの気持ち次第ですね」

ロシェ・クルガは肩を竦めた。

「ノアが神官になるのは悪くない選択だと思うので、私は後押ししてやりたい。もし彼が、すべて知ったうえで神殿を選択したら、納得していただけますか？」

「それはもちろん」

カノンは頷いた。

「話がついたところで、改めて教えていただきたいのですが、ロシェ・クルガ神官が妙に私に馴れなれしくしてくださったのは、何だったんです」

「妙に馴れなれしくだなんて、傷つくな。純粋な憧れだと受け取ってはくださらない？」

手を取って口づけようとするので、カノンはぱしん、と手を払った。

「皇太后陛下の茶会！」

カノンとラウルの二人に睨まれ、神官は両手を上げて降参の意を示した。

「怖いなあ。……ご推察の通り、皇女殿下のご意向です。カノン様と……仲良くしろ、と」

やはり、とカノンはうんざりした。

「皇女殿下は何をなさりたいんですか……」

「簡単ですよ。陛下とカノン様に嫌がらせをしたいのです」

そういえば、ミアシャもそんなことを言っていた気がする。

「あとは単純に、暇つぶしでしょうね。あの方は退屈を心から憎んでおられるから」

「退屈しのぎに他人を巻き込まないでいただきたいのですが」

迷惑極まりない！　とカノンが憤っているとロシェ・クルガが口の端を上げた。

「そこまで嫌がらなくても。本気で口説いていたんだけどな。――鳥肌を立てられて嫌がられるなんて、傷つきます」

「あなたの好みは私ではないでしょう」

ロシェ・クルガの好みなら知っている。

可憐で小柄な、優しい少女だ。この世界には存在しない、ヒロイン・シャーロットのことだが。どうしてヒロインのシャーロットの性格が捻じ曲がっちゃったんだろうなあ、とカノンが苦悩していると、ロシェ・クルガが話題を戻した。

「神殿がノアを諦めるのは難しいと思いますよ。異能のある孤児は現在、神殿が引き取る決まりです。――言葉は悪いですが異能者を野放しては誰も責任が取れませんからね。保護者がいればよいのですが」

ノアの母、ユディットは故人だ。ノアの父親は――。

カノンは言葉を探しつつロシェ・クルガを見上げた。

「ロシェ・クルガ神官はノアの父親が誰か知っていますか？」

「いいえ。ユディットが明かさなかったようですし、ノア本人も知らないでしょう」

ラウルとカノンは顔を見合わせた。

「――セシリアが教えてくれたんです。ユディットさんが、ノアの父親は、ノアの名前を聞けば、きっとあの子が息子だとわかるから、迎えに来てくれるかもしれない……と」

ロシエ・クルガは訝しげにカノンを見た。

「ノアの……名前？」

ありふれた名前だから、そこにたいした意味はないように思える。だが、古代人の血を引く母が、息子に名付けたとすれば、意味合いが変ってくる。

「――ノア、は古代語で自由、という意味ですね。もしくは――船――」

「船ですね。――それが何か……」

ロシエ・クルガはハッと口を噤んだ。

「まさか――ポディムがノアの父親だと……ユディットと関係があったとおっしゃるのですか」

船。

それは、ポディムが喪ったものの象徴だ。彼の生家、アーロン子爵家の紋章。

「たぶん、そうだと思う。――証拠はノアの名前しかないから、本人から詳しく事情を聞くか、神殿で二人の血を混ぜて血縁関係を判断してもらうしかないけれど……」

だが、カノンはポディムがノアの父親だろうという妙な確信があった。ユディットの記憶ではポディムは彼女を厭いながらも焦がれるような目で見ていたし、彼女もあの神官を間違いなく意識はしていた。

――趣味がいいとは思えないけれど。

人の心はわからないものだから、カノンには否定もできない。

「……っ、あの、クソ爺……っ、よりにもよって、ユディットに！　絶対に、許さない」

柔らかな美貌の神官が容姿に似合わぬ悪態をつく。

慕っていた美しい母親が、よりによって、おそらく、嫌いでしかない男の子供を産んでいたというのだ。心中穏やかでないのは想像に難くない。カノンは提案した。

「ポディム聖官を脅すしかないわ。――ノアの父親が誰なのか詮索しない代わりに、ノアを皇宮に引き渡してほしい、って」

神殿は聖職者の婚姻を禁じていない。だがそれは神官になったものを除いてという但し書きがつく。ポディムに私生児がいたとすれば彼の地位ははく奪される。ポディムはきっと、ノアよりも地位を選ぶだろう、とこれは確信だ。

深呼吸をしたロシェ・クルガがそうですね、と同意した。

「代わりに……、誰かがノアの後見を引き受けてくれれば事が早く進むでしょうが。神殿が手を引くほどの高位貴族が味方になってくれるでしょうかね」

「私がノアの後見になるのでは、だめかな。高位貴族ではないけれど……」

カノンが呟くと、背後に控えていたラウルが思わず、といった様子でロシェ・クルガと顔を見合わせた。

「カノン様、さすがにそれは……」

「余計な憶測を呼ぶと思いますよ。ノアが陛下のご落胤だと誤解されかねない」

二人に諌められ、カノンはきまり悪く視線を逸らした。実際のところカノンは仮初の恋人だし問題はないのだが、それをロシェ・クルガに暴露するわけにもいかない。

「とにかく、ポディム聖官を探して会いましょう。どこにいるのかしら――」

ロシェ・クルガはさて、と腕を組む。

「この時間ならば自室で寛いでいると思いますが――カノン様、魔術書をお借りしても？」

言いながらロシェ・クルガはぱらぱらとページをめくる。

「構わないけれど」

「（母なる神の御胸で安らぎなさい愛しい子よ――）」

古代語でロシェ・クルガが小さく口ずさむと、神殿の様子が示される。

おそらく、ロシェ・クルガの記憶なのだろう。彼が魔術書を閉じると映像は消えた。

ロシェ・クルガはもう一度面白そうに魔術書を眺めた。

「実に素晴らしい魔術書ですね。この本があれば、色々な悪事を暴けそうです。試してみたい方がたくさんいるなあ」

「カノン様の魔術書を勝手に使うな。一人でやるがいい」

ラウルがぴしゃりと言って魔術書を取り上げようとする。

「ラウル卿のものでもないでしょう。一度くらい試してもよいのでは？　——例えば、ポディム聖官からいただいたこの指輪で、彼の悪事を覗くとか」

ロシエ・クルガが笑って指輪をカノンに渡す。

「——それは、まあ」

ラウルが同意した。

「ポディム聖官が、悪事を働いているのは確定なの？」

ずいぶん私的な恨みが混じっているなとカノンは呆れた。

破滅を避けるためとはいえ、他人の過去を怪しげな地下室でさんざん覗き見している身でうるさくは言えないが、魔術書を悪用するのは気が進まない。

「だめですよ。返していただかなきゃ」

「仕方ないな」

未練がましいロシエ・クルガからカノンが本を取り上げる。と、二人同時に手が触れた瞬間、魔術書は何かを訴えかけるかのように、青白い光を放った。

「……なっ……!?」

「きゃ……」

「カノン様っ」

三人が小さく叫んだのと同時に、眩いばかりの蒼い光が三人を包む。白々とした空間に放り出された三人の周囲に半透明の情景が浮かび上がってくる。

毛足の長いじゅうたん、一枚板のテーブル。壁には名のある画家の絵画のレプリカか。

パージル伯爵家の応接間と同じくらい豪奢だ。

「ここは？　誰かの記憶の中を見ているようだけど……」

「……神殿内部です。ポディムの執務室ですね――」

カノンの疑問にロシェ・クルガが答えた。

「神殿は質素を良しとするのではなかったか？　ポディム聖官はたいそう趣味のいいことだ」

「ラウル卿は皮肉屋ですね。人によって質素の基準は違いますので、私の口からは何とも――」

ああ、日付はつい最近だな。ちょうど、この指輪をもらった日です」

ロシェ・クルガが机の上に置かれた円形の万年暦のオブジェを指差す。

それもまた凝った仕様でカノンは趣味がいいなと妙な感心をしてしまった。

――、と。足音荒く部屋の主が戻ってきた。扉が勢いよく開け放たれた。

(――ロシェ・クルガめ！　私に無断で勝手をして……!?)

いつもの品のいい笑顔は剝ぎ取られ、憎々しげな表情のポディムが映し出される。

(あの子供を介抱するとは！)

「貴殿にお怒りのようですが？」

ラウルが神官を見上げると、彼は肩を竦めた。

「ノアを勝手に介抱したのが気に入らなかったのです。ポディムは古代人が嫌いですから」

「古代人が嫌いなら、なぜユディットと関係をもったんだ？」

「母さんは……、ひどく綺麗なひとだったので」

ロシェ・クルガは眉間に皺を寄せ言い放った。ラウルは理解できない、と渋面になりカノンはなるほど、と魔術書で垣間見たユディットを思い浮かべた。

息子のノアとよく似ているが、息子よりも儚げで、蠱惑的な雰囲気のある美女だった。

映像の中のポディムはイライラと爪を噛む。机の引き出しから取り出した銀の指輪を眺め、己の指にはめる。指輪はカノンの手の中にあるそれだろう。

頭を抱えたポディムが呻く。

（――やはり、嘘つきな女だ。私には迷惑をかけないと言ったくせに。古代人の言葉を真に受けるのではなかった！　子供がいたなんて！　しかも、ノアなんて名前をつけて――やはり、始末をつけておくべきだった）

カノンと、ラウル。そして、ロシェ・クルガはそろって、動きを止めた。

――ポディムは、ノアが自分の子供だとすでに、気づいていたのか。

（あの子供を放置していては、私は破滅だ）

ポディムの発言が、どういう意味か一瞬、はかりかねる。

（高熱を出したまま、地下牢にいてくれればよかったのに……。そうすれば）

神殿でも十三名しかいない、貴職に就いている男は憎々しげに吐き捨てた。

（疑われずに葬ることができたのに）

しゅん、と何かが弾ける音がしてポディムの映像が途絶えた。

三人の間に、数秒、妙な沈黙が降りた。

「ポディム聖官はずいぶんと下卑た物言いをする……しかも、自分の息子に何ということを」

カノンは己の手を握りしめた。

「……今のは、その……どういうこと？　葬るって、ノア、を？」

カノンの隣で、ロシェ・クルガは青褪めている。

彼は表情を失くして銀の指輪を眺めている。

「妙だと感じては、いたんです……大神官の顔色ばかり窺っているポディムが、古代人だからとノアのことは遠ざけたがっていたことを――」

指から外すと、ぎゅ、と握りしめた。

「ロシェ・クルガ。その……、ポディム聖官は、今はどこに？」

「今日は神殿で一日中神に祈る、と言っていました。珍しく。いつもは支援者の方々の屋敷に訪問するのですが……」

ロシェ・クルガは険しい表情でカノンに向き直り一礼した。

「ノアが心配です。神殿にすぐ戻ります。数々のご無礼のお詫びは、後日――」

ロシェ・クルガは魔術書を返すと孤児院に繋いでいた馬を借り、風のように、走り出す。

ラウルとカノンはその場に取り残された。

「カノン様――、どうなさいますか？」

ラウルに問われ、カノンは我に返った。

「まずはノアの無事を確かめなきゃ」

――一瞬遅れて、恐怖が湧いてくる。

今日、神殿にはロシェ・クルガがいない。ポディムだけが神殿にいる。

――ポディムが何かするなら今日は絶好の機会だったのではないだろうか。

血の繋がった息子を葬り去るだなんて、そんな非道なことを聖職者がするだろうか、とカノンは思い、それから首を振った。

血の繋がりがあっても、容易く裏切れる人間が存在するのは身をもって知っている。

「ラウル、私たちも念のため神殿に行きましょう。――ノアが心配だわ」

「御意」

慌てる二人の頭上から、暢気な声が落ちてくる。

「何やら騒がしいな」

「我が君！」

「ルカ様！」

音もなく上空に現れた皇帝は、軽やかに地面に降り立つ。

「る、ルカ様、仕事はどうなさったんですか？　なぜここに！　あ、そうじゃなくて、今から私、神官を追いかけないといけないのですが」

あわてふためくカノンにルーカスはやれやれと首を振った。

「落ち着け、カノン・エッカルト。焦っても、なんら状況は変わらん」

「……はい」

「書類はキリアンとシュートがうまくやる。ここに来たのは姫君宛（あて）に神殿から連絡が来たので、それを伝えに来た」

「わざわざ、ルカ様が……？」

神殿からの連絡とはいえ、皇帝がわざわざ出向くことではない。

「何やら急ぎのようだったのでな」

「……どのような、用件だったのでしょうか」

カノンはごくりと唾（つば）を飲み込み、ルーカスは人の悪い笑みを浮かべた。

「姫君が気にかけていた少年――、神殿から脱走したそうだぞ。姉会いたさに、ポディム聖官の制止も聞かず、逃げ出した、のだそうだ」

さあっと、カノンから血の気が引き、ルーカスはさらに続けた。

「――自分が責任をもって探すから心配するな、と。ポディムからの伝言だ。さて、どうする。カノン・エッカルト」

「る、ルカ様！　私、急用ができました！　神殿まで走らなくちゃっ」

カノンが走りだそうとするのを、ルーカスが止めた。

「走るよりもっと速い方法がある」

「転移ですか」

「いいや、いい乗り物を知っていてな。馬より速く乗り心地がいい」

ルーカスが手を振ると、空中が歪み、ぽっかりと穴があく。

「ふにゃっ！　なに！　僕ってば、いま、食事ちゅう……にゃ――――！　なに！」

ぼて、っと大きな音を立てて、白い毛玉が地面に転がった。ジェジェだ。

昼時でもないのに、いい匂いのする焼き魚を咥えている。

「ジェジェっ!?」

「うわあん！　怒らないでカノンっ！　僕、昨日はいっぱい走ったし、ご飯が少なくても我慢したしっ！　ご褒美なんだ！　ダフィネには秘密にして！　明日からまた頑張るからっ！」

ふにゃあと鳴いた猫はルーカスに気づくと毛を逆立てた。ルーカスがその首根っこを摘まむ。

「出番だぞ、毛玉」

「なんだよっ、馬鹿ルーカス！　僕を勝手に呼ぶなっ」

カノンはジェジェを抱きしめた。

「食事中にごめんね、ジェジェ！　お願いだから――私たちを運んでほしいところがあるの」

「はにゃ？」

ジェジェは丸い目をさらに真ん丸にしてカノンを見つめ返した。

「盗み食いは秘密にするから、私を乗せてくれないかな。お願いっ！　緊急事態なのっ！」

ジェジェは咥えていた焼き魚をラウルに渡し「ちゃんと保管しといてね」とやけにいい顔で命じて、戸惑うラウルは無視して、カノンを振り返った。

「カノンが必要とするならいつでも僕は助けてあげるよお！」

ぽんっと音を立てて、白猫――の姿をした霊獣は、本来の大きさに戻ってカノンを見下ろした。ルーカスがすかさずジェジェに飛び乗りカノンに手を差し出す。

ジェジェはルーカスを、シャーっと威嚇したものの、カノンがその背に飛び乗ると、仕方ないとばかりに空へ飛び上がった。

「――で、どこに行くのカノン」

「ええと、神殿へ……」

カノンが事情を話すと、ジェジェは神殿の方向へ飛びながら首を傾げた。

「でも、さあ、ノア君は神殿を家出したことになっているんでしょ？　もう神殿には置いておかないんじゃない？」

　確かに、家出したというのはおそらく嘘で、ポディムがどこかに攫ったのではないかとカノンも思っている。そうすると、ますますどこにいるかを探すのは難しい。

「ノアに、何かあったらどうしよう……」

　カノンは声を震わせた。あの少年に何かあったら、それはカノンが余計なことをしたせいだ。ロシェ・クルガを呼び出さなければよかった。いや、そもそも、児童図書館でもめごとがあった時、良かれと思って二人を保護しなければ、よかった。カノンが関わらなければ、ポディムもノアの素性に興味を抱かなかったかもしれない。ゲームの世界では、ノアは少なくとも青年になるまで、ロシェ・クルガの部下として生きていたのだから。

　いや、そもそも、児童図書館をつくろうとしなければ……。

　思いつめたカノンの眉間を、ルーカスの指がつつく。

「ひどい顔色だぞ、カノン・エッカルト」

「ルカ様」

「悔やむより——今、すべきことを考えろ。俺はちょうど暇だ。姫君に使われてやる」

　冷静な声に、次第と心が落ち着いてくる。

　ノアの無事を確保するために、少年の居場所を特定したいがどうすればいいのか、とカノンは手をぎゅ、と握りしめ……手の中の指輪に気づいた。

「探すのはノアじゃなくてもいいんだわ」

ポディムを探せばいい。二人が一緒にいなくともポディムを捕らえて、ノアを確保すれば少年への加害は阻止できる。

「ジェジェ。ポディム聖官の気配を覚えている？」

にゃ。とジェジェは空中で動きを止めた。

「僕、おじさんの気配はあんまり記憶にないんだよな……どんな顔した奴だったけっ……」

「役立たずな毛玉だな。記憶力が悪すぎる」

「うるさいな、振り落とすぞ、馬鹿ルーカスっ」

危ないので、空の上で喧嘩をするのはやめてほしいと思いながらカノンはジェジェの首に抱きついて銀の指輪を示した。ルーカスが落ちないように背後から抱き留めてくれる。

「ポディム聖官の指輪だったんだけど、これがあればわかるかな？」

ジェジェがひげをヒクヒクさせた。

カノンはついでに、と魔術書を開く。ユディットの記憶を引き出して若い頃のポディムの姿をジェジェに見せる。カノンの後ろでルーカスが呆れる。

「……魔術書が示した幻をひっぱりだすか。ずいぶん、規格外なことをする」

「そう、ですか？」

ジェジェの視線の先には、今よりも若いポディムが寛いだ様子で……優し気な顔で笑っている。カノンは妙に切なくなった。

　ロシエ・クルガの記憶でも先ほど見た幻影でも、ポディムの印象は最悪だった。

　だが、少なくとも、ユディットに対してはこんな風に笑ったこともあったのだろう。

「思い出した！　式典でルーカスに尻尾振っていた、オッサンじゃーん」

　霊獣は東西南北を見渡すように空中でくるくると回り、ある一点を示した。

「あっちだ！　聖官の気配がするよ」

　ジェジェが、肉球で皇都の東の外れにある森を示す。

「お願いね、ジェジェ。――急いで」

「お願いされちゃう！」

　霊獣はにゃーん！　と可愛らしく空に向かって大きく鳴いて、空を駆けていく。

「ポディム聖官は、本当にノアを殺すつもりなんでしょうか」

　カノンが呟くと、ルーカスはカノンが落ちないように支えながらさてな、と応じる。

「私生児の存在を告発されたならば聖管の任は解かれる。神官のままでもいられない。没落貴族から苦労して出世した男にとっては屈辱だろう」

　神殿に勤めたからと言って婚姻を禁止されることはない。だが、上位職である神官になる道は閉ざされる。

「子供がいると知って、最初に考えることが、その子を殺すことだなんて……」

カノンは暗澹たる気持ちになった。すべての親が子供を愛せるとは思わないが。愛されなかった子供の心は傷つく。カノンのように。

「血族だからといって、無条件に愛せるわけでもない。その逆も然り、だな。濃い血の繋がりがなくても、信頼が築けることもあるだろう」

それは、ノアとセシリアのことだろうか。カノンとレヴィナスのことだろうか。それとも、ルーカスと誰かのことだろうか。

尋ねようとしたカノンの耳に、賑やかな声が飛び込む。

「いた！　あそこだよ、カノン……にゃあっ!?」

「きゃ！」

ジェジェの叫びと同時に、ドン！　という爆音が聞こえた。

眼下、森の一区画が消し飛び木々が吹き飛んでいる。

「――派手なことをする」

ルーカスが毒づき、ジェジェがなぎ倒された木々を目がけて駆けていく。

二つの人影が、対峙しているのが見えて、カノンはそのうちの一人に向けて叫んだ。

「ロシェ・クルガっ！」

力が発動した中心にいたのは、ロシェ・クルガだった。

彼の足元には眠りに落ちているのかぴくりともしないノアがいて、ノアとロシェ・クルガを囲むように草が焦げている。

「治癒(ちゆ)力だけでなく、炎も使えるのか。厄介な異能だな」

「ルカ様！　感心している場合じゃないですっ」

タンっとジェジェが地面に降り、カノンはノアに駆け寄った。少年はすやすやと安らかな寝息を立てている。

「よかった、間に合った……」

安堵(あんど)のあまり、カノンはへなへなとその場にへたり込んだ。

突如として現れたカノンとルーカスに見向きもせずロシェ・クルガは憎々しげに目の前の男を睨(にら)んでいる。その額には神殿の紋様が浮き出て、紋様から血がにじんでいる。

ロシェ・クルガを従わせるためにポディムが課した「誓約」だろう。ロシェ・クルガ神官は荒く息をして、額の傷もひどく痛そうだがそれに構う様子はない。

ロシェ・クルガは吐き捨てた。

「貴様は屑(くず)だ。ユディットに嘘を強要して私と引き離すだけでなく、弟まで殺そうとした！　そこまでして、その地位が惜しいかっ」

「狂ったのか、ロシェ・クルガ！　私を殺そうとするとは！　ああ、伯爵。助けてください！　私は脱走した少年を探しに来ただけなのです。そうしたら突然、その男が私を殺そうと！」

迫真の演技だ。——過去のいろいろなものを見ていなければロシェ・クルガが狂い、ポディムがその被害者なのだとうっかり信じてしまいそうになる。

「あなたは俳優になれるわ。ポディム聖官。アーロン子爵家の家業は、芸能だったの？」

カノンがポディムの家名を口にすると、ポディムは動きを止めた。次に、カノンの背後にいるルーカスに気づいて絶望的な表情を浮かべる。

「へ、陛下。お助けください！　シャント伯爵が何を誤解されているのか、私には皆目、見当もつかないのです」

ルーカスはつまらなさげにポディムに向かって、手首をしならせた。

亜空間から取り出された短剣が、ポディムの長衣の裾を深く地面に突き刺す。

「ひっ……」

「俺に自分から軽々しく口を利くな。俺に問われたことのみ答えろ」

動きを封じられたうえに皇帝に睨まれ、ポディムは蛇に睨まれた蛙のごとく震えた。

「カノン・エッカルトから話は聞いた。聖官の職惜しさに隠し子を殺そうとしたとか？」

「ご、誤解です。私は脱走した子供を追いかけただけで……他は何も」

哀れな懇願にルーカスは肩を竦めた。

「子供の出自にも貴様の教義破りにも興味はない。が、その子供の姉は皇宮の猫係だ」

「だよ！　セシリアちゃんは僕の専属侍女なんだから！」

ジェジェが胸を張る。

「部下の身内への危害を俺は好まん。どうせ子供が目を覚ませば偽りは露見する。下手な言い訳をするくらいならば沈黙していろ。そうすれば、今は、舌を斬らずにおいてやる」

――皇宮の、延いては皇国に存在するものはすべて己の物だと言って憚らないルーカスは不条理に誰かが傷つけられるのを嫌う。彼が発する言葉は脅しではない。皇帝はいつでも本気だ。

皇帝の気質をよく知っているポディムは沈黙した。

カノンがこれで終わった、とほっと息をついた時、ロシェ・クルガが低く唸った。

神官の右手は、シュウシュウと音を立てている。火花が散るが、大きな火は出てこない。

カノンにはわからないが、ロシェ・クルガの魔力をルーカスが抑えているのだろう。

「なぜ、止めるのです。陛下」

「こんな燃えやすいモノが多いところで火力を暴発させるつもりか？　熱くて構わん、それを鎮めろ」

「こんな奴、生かしておく価値はない。聖官だなんてふんぞり返っておきながら頭の中にあるのは金と保身のことばかり。――しかも、ユディットとの子供を殺そうとするなんて」

ポディムは喚いた。

「無理強いしたわけじゃない！　あの女が私を誘ったんだ！　保護してやると言ったらなびいてきたんだ！　私を堕落させたあの女が悪い！　子供ができていたなんて私は知らなかった！」

「よくそんな勝手なことを」

「望んで作った子供じゃないっ！　それなのになぜこんなことで神殿を追われなければならないっ！　悪いのは私じゃないっ！　全部っ……！」

カノンはため息をついた。ポディムの姿がこの数か月間会っていない父親と重なる。

父グレアムもこんな風にカノンを否定していたのだろうか。

いや、今も別荘で、カノンに対して恨みを募らせているかもしれない。

「望んだ子供じゃなかった。その子供のせいで、その地位を追われるのは不本意だ」

叫ぶポディムの声が、父、グレアムと重なる。

カノンはハンカチを取り出すと、黙ったまま怒りに震えるロシェ・クルガに近づいた。

血の浮き出た額の紋様を拭ってやる。

「怒りを収めて、ロシェ・クルガ。――ポディム聖官のしたことは許されないし、裁かれるべきだと思います。ただし、正しい法の下で」

「……この男が正しく裁かれる保証がどこにあるのです。どうせ一生牢獄で過ごすのなら皇国がこの男に割く労力を私が負担して差し上げますよ」

これにはルーカスが肩を竦めた。

「俺が保証してやる――裁判に不正があればその時はお前の望み通り、この男を猫の餌にすると約束しよう」

「僕、美食猫。オッサン、タベナイ」

ジェジェがルーカスの隣でうふぇえ、と妙な声を出した。

唇を引き結んだロシェ・クルガをカノンは見上げた。

「ポディムに対するあなたの怒りはわかるけれど、だからと言って私刑は見逃せない。ノアから、子供としての権利を奪うのはよくない」

ロシェ・クルガはカノンの言葉をせせら笑った。

「この悪人に対して、ノアにどんな権利があると？」

カノンは真顔でぽつり、と言った。

「──実の父親を憎む権利」

カノンの言葉に、神官はたじろいだ。

ポディムはのろのろと顔を上げ、カノンを見つめている。

「私も理由もわからず父親に疎まれていたからノアと少し立場は似ているかも。──憎んでいるけれど、父が生きていてくれてよかったと思う──。憎しみをぶつけないうちに、勝手に死に逃げされたら嫌だもの。ノアが私みたいに父親を憎むかどうかは、わからないけれど」

肩を竦めると、ロシェ・クルガは息を吐いた。

「対象がない怒りは内に向かうから。……選択肢を、ノアから奪わないであげて」

長い沈黙の後、ロシェ・クルガはその場にぐずぐずとへたり込んだ。慰めるように、ジェジェがよしよし、と神官の額を舐める。

「……わかり、ました」

ロシェ・クルガの言葉に、安堵なのか、もしくは別の感情なのかその場に蹲ったポディムの名をカノンは呼んだ。

「ポディム・アーロン」

「……なん、でしょう……か」

名を呼ばれた男は無惨に乱れた髪の下からカノンを仰いだ。

「陛下と違って、私は穏便に済ませたいの、何事もね。——あなたの命だけは保障されるように口添えしてもいい。けれど、条件があるわ」

カノンは血がべったりとついたハンカチを握りしめた。

「私と、取引をしましょう」

カノンが条件を告げると、彼は、項垂れたまま承諾した——。


「怪我のひどいロシェ・クルガ神官はとりあえず皇宮の治療院へ。ノアも運びます」

爆発音を聞きつけたラウルは、信用のおける少数の人間だけを連れて森へとやってきた。

騎士たちは霊獣——ではなく、馬より一回り大きな飛竜に跨っている。

「間近で見たのは初めてだけど、かっこいいのね……」

うっとりしながら褒めると、地獄耳のジェジェはカノンの感想を聞いて、ぴええ、と声にならない叫び声をあげた。

「ドラゴンなんか、でっかいトカゲだからね！　あいつら人語も喋れないし！　ふわふわもしてないしっ！　僕が皇国で一番！　可愛くてかっこいいんだからっ！」

「キュイっ」

「うにゃあっ！　トカゲ！　僕を叩くなあっ」

ラウルを乗せてきたドラゴンが尻尾でジェジェの頭をどつく。カノンはジェジェを心配したが、ルーカスはドラゴンと霊獣のどつきあいに肩を竦めた。

「心配するな。あれは毛玉とドラゴンたちの恒例行事だ」

「僕を毛玉呼ばわりするなっ！　僕の方が可愛いもんっ！　絶対だもんっ」

ばたばたと引っくり返って暴れ出したジェジェのお腹を撫でてあやしながら、カノンは隣にいるルーカスに謝った。

「……申し訳ありませんでした。ルカ様」

不思議そうにルーカスが首を傾げ、ジェジェもにゃ、と動きを止める。

「色々と、勝手に動いた結果。その……振り回して」

「暇だと言っただろう。退屈せずによかったが——一つ、不満はあるな」

「一つ？」

ルーカスもカノンの隣に座り込んで、笑う。

ロシェ・クルガの血が付いた衣服を手に取ってぼやいた。

「俺以外の男に触れるな。見つめ合うな。——あと、子供と言えど、抱き起こしたりもするな。あれは、割と腹が立つ」

カノンはぽかんと口を開けたが、ややあって笑い出した。

前半のロシェ・クルガはともかく、後半のノアに対しては行きすぎた嫉妬(しっと)ではないだろうか。

ルーカスの肩に頭を預けて、謝罪の言葉を口にする。

「申し訳ありません。できる限り努力します——。少なくともルカ様の目に見えるところでは、しないようにします」

「隠れて浮気をする、という宣言か？」

「……叩きますよ？」

「怖いな」

カノンとルーカスが小声で繰り広げる軽口の応酬を、ジェジェは半眼で見つめながらぼやき、仰向けのまま、ぱしんぱしいん、と尻尾を不機嫌に揺らした。

「そういうの、僕の前で繰り広げるのやめてくれる？　猫も食わないんだけど」

「私には過ぎたものですから」

可愛らしくない伝言と共に戻された銀の指輪を掌に載せて佳人は眺めた。

時節は冬。時は夜。

三日月が照らす皇宮の庭には、季節にふさわしくない白い花が幻想的に咲き誇り、月光を弾いている。四阿から一歩彼女が足を踏み出すと、天上から注いだ銀色の月の光が結わえられていない美しい髪の上をキラキラと流れ落ちた。

銀色の髪、珊瑚のような赤い瞳と唇。

皇族の証であるその色彩、そして美貌。——皇宮にいる全員が、彼女を見たら誰だかわかるだろう。先の皇帝の愛し子。皇女ヴァレリア。

幼くして降嫁し、子を為さぬまま夫が儚くなると、皇国の法に従って皇籍を回復させた。

銀の指輪には彼女が好む百合が刻まれている。

「——わざわざ返してくるところが、可愛くないと思わない？」

この銀の指輪は皇女ヴァレリアのサロンへの通行証だ。

皇都に集まる貴族たちがなんとしてでも欲しいと願っている招待状なしにヴァレリアに会えるお気に入りの証だというのに、ロシェ・クルガ神官はわざわざ、返してきた。

彼女の背後に控えた中年の女が頭を下げた。

「誠に無礼な男——処分なさいますか」

陰気な声で問うたのは、乳母だ。ヴァレリアを溺愛して、決して裏切らないこの地味な女をヴァレリアは大切に思っている。

役に立つ道具として。

「そうねえ、どんな罰がいいかしら」

彼に狂った令嬢を唆してあの美しい顔をぐちゃぐちゃに傷つけさせてもいいし、罪を着せて牢に閉じ込めてもいい。なんの罪が彼を一番傷つけるだろうか。

ヴァレリアは首を捻った。

「どうして、ロシェ・クルガはポディムを裏切ったのかしら」

聖職者たちがお互いを嫌っていることなど明白だったが、ロシェ・クルガはポディムを利用してやろう、という野心があったはずなのに。

ポディムは神殿にいた部下を殺そうとしたところをロシェ・クルガに見つかり、告発されたという。相手は誰なのか、なぜロシェは告発したのか。

――今やポディムは牢の中。詳細はわからない。

ヴァレリアは面会を希望したが、可愛い甥に阻まれて叶わなかった。以前、ポディムに教えてもらった「誓約」を発動させてみても、手ごたえがない。

おそらく、ロシェ・クルガがポディムに施されていた誓約は跡形もなく消えているのだ。

「……今はいいわ。もう少し様子を見て」

ヴァレリアは指輪を手の中で転がした。ルーカスが口を出すということは、ポディムとロシェ・クルガの諍いに、どうせカノン・エッカルトが絡んでいるに違いない。

予想外の出来事に、ヴァレリアは沈黙し、やがて、くつくつと喉を鳴らした。

笑いが発作のように全身を駆け巡り、ヴァレリアは笑いながらテーブルの上に飾られた花を衝動的に手に取って、ぐしゃりと握りつぶした。

「面白いこと！」

退屈を癒した褒美にヴァレリアは一旦、ロシェ・クルガを許してやることにした。しばらく自由を満喫するといい。それくらいの慈悲はヴァレリアにもある。

そのうえで、彼が一番大切にしているものが何か見つけたら、それを壊して――どんな風に泣くのか、どんな言葉でヴァレリアを詰るのかつぶさに観察したい。楽しみで、震える。

上機嫌で月の光の下を歩いていると、夜の闇に紛れて、人が動いた。

「ずいぶんと楽しげだな。不吉なことだ」

「きゃっ」

突如として現れた人影は彼女の小さな悲鳴を鼻で笑った。

「ずいぶん可愛らしい悲鳴をあげる。怯えて叫びたいのはこちらの方だ、皇女」

月明かりを鈍く弾く暗い銀色の髪を持つ男は、己とよく似た色彩を持った女を無遠慮に眺めて許可も得ずに彼女の真向かいの椅子を分捕った。

無論、その無礼をとがめる者はいない。

普段は皇国の至高の椅子に座す皇帝は皇女と向かい合った。

「どういう風の吹き回し？　ルカ。私がどんなに会いたいと言っても無視したくせに」

「時間がないので無礼な呼び方も、不問に処す。聞きたいことがある。答えろ」

「聞きたいこと？　私でわかることかしら」

二対の緋（あか）い瞳が対峙する。ルーカスは頬杖（ほおづえ）をついた。

「三か月前、聖官の一人が死んだ。その原因に心当たりは？」

「ないわ。――病気だったのでしょう？」

ヴァレリアはゆっくりと瞬きした。

「まだ若く健康だった男の心臓が、突然止まった。――不幸なことだ」

「若者の命が突然消えるのは、よくあることよ、ルカ。悲しいけれど」

「――俺もそう思う。このような美しい月夜には、特に」

皇族二人はじっと、見つめ合った。

「もう一つ聞こう。――その聖官が死ぬ数日前、聖官会議では一つの議題を巡って紛糾した。どんな議題だったか知っていたか？」

「さあ？」

「コーンウォル卿への恩赦（おんしゃ）の請願を出す予定だったようだな」

コーンウォルは皇国に存在する四名の皇族の最後の一人。

皇帝ルーカスへの謀反の咎で軟禁されている。皇帝の暗殺をたくらんだ人間への恩赦などありえないが、生憎とコーンウォル卿の罪はあくまでいまだに「疑惑」であって、決定的な証拠はない。大神官の請願があれば、軟禁を緩くするのは――ありえないことではない。

強固に反対した亡くなった聖官を含めた七名はこの請願を拒否し、六名が賛成していた。

「ポディムは賛成派だった。――奴の子飼いが加われば請願は妥結されたかもしれん」

ルーカスの鋭い視線を、ヴァレリアは柔らかく流した。

「それは残念ね。コーンウォルは私たちの血族よ。そろそろ許してあげてほしいわ」

ルーカスはそれには答えず、ヴァレリアの背後に控えた女に視線を動かした。

敵意を隠しきれない女に向かって手を振る。

「――ぐぅっ……がっ、は！」

ヴァレリアの乳母が苦しみだすのをルーカスは冷めた目で眺めた。

乳母の手からは、抜かれてはいないものの、短剣が転がり落ちた。

「皇宮で俺に殺意と刃物を向ける愚かさだけはたいしたものだ」

「ルカ、乳母を虐めないで。彼女は私を心配して守ろうとしてくれているだけなのよ。私とあなたは数少ない血族じゃない。仲良くしましょう？」

ルーカスは鼻で笑い、乳母へかけていた力を霧散させた。荒く息をする女を一瞥する。

「俺は血族だという理由だけで優遇はしない。——が、今はまだ先帝との契約を尊重して慈悲を施してやる。なにより、あなたを殺せば皇太后が悲しむ。だが俺の忍耐には限度がある」

皇帝は音もなく立ち上がった。

「あら、もう帰るの？　久しぶりに会ったのだもの。月を見ながらお茶でもいかが」

「自ら毒を呷る趣味はない。……ヴァレリア。皇国に存在するすべてが俺のものだ。許可なく害するな。——警告はしたぞ」

用は済んだ、とばかりにルーカスは立ち上がって踵を返す。

暗闇に紛れた背中をヴァレリアは無言で見つめ、しばらくして背後に視線を走らせた。

「ひどいと思わない？　あれが叔母に対する態度かしら。怖い子よねえ」

ヴァレリアが背後に言葉を投げかけると、闇が動いた。いや、闇ではない。黒衣の長身の、右目の上に傷がある男は、はっと笑った。

「あんたが、叔母らしいことをしないからでは？　怖いだなんて心にもないことを言う」

「権力はあっても非力な女ですもの。いつでも恐ろしいわ。甥の癇癪も夜の闇も、退屈も」

男は「あほらし」と吐き捨てて四阿の椅子に座ると行儀悪く足を組んで空のグラスにワインを注いだ。

ルーカスに傷つけられた乳母は体を起こし、二人の邪魔にならないようにその場を後にする。

ヴァレリアは男の隣に座ると、ねえ、と楽しげに囁いた。彼女が掌を開くと、銀でできたはずの指輪が、さらさらと砂のように壊れて夜の風に攫われていく。

男はさして驚くこともなく、彼女の手から零れていく美しい光の粒に目を細めた。

「ルーカスのお気に入りに会ったんですって？　感想は？」

ヴァレリアが自分のグラスを傾けた。

月にかざして――気に入らない娘の姿をグラスをかかげて思い浮かべる。

ルーカスが珍しく側に置いていて執着している娘。危害を加えてみようかとヴァレリアは何度か試みたが、それは叶わなかった。――赤い宝石をあしらった首飾りや、彼女の髪に編み込まれた紅い布がヴァレリアの悪意からカノン・エッカルトを注意深く遠ざけ、守っている。

ヴァレリアの問いに、男は月明かりの下で笑った。

「少し揶揄っただけだ。――大丈夫かな、あのお嬢さん。あんなにすぐ人を信用して。危なっかしいったらない」

くすくすとヴァレリアは笑う。

「そういうところまで、イレーネに生き写しでしょう？」

「イレーネの方が、冷静だった気がするが」

ヴァレリアは、ねえ、と猫のように男にしなだれかかって耳元に囁いた。

「もっと感想を聞かせて。初めて近くで会って、どうだった？　どんな心地がした？」

紅い唇が、空の月と同じ形で弧を描く。

美しい女は低い声で、男の耳に毒のような言葉を注ぐ。

「あなたの子供かもしれない娘ですもの。さぞ感動したでしょう？」

男は無感動に女を見返した。

「俺は人妻に手を出すような真似はしない」

「そうかしら？　ひょっとしたら、って思わないの？　あなたにとって、イレーネは特別だったでしょう、ゼイン」

ゼインと呼ばれた男はどうだったかな、と首を捻った。

「昔のこと過ぎて忘れた——全部な」


同じ頃。人気のない図書館の地下室で、一冊の本が、くるり、と宙を舞った。

誰もいないのに、その本はパラパラとページがめくられ、青く光る。背表紙には古代の言葉が浮き上がり、消えて、を繰り返す。

強欲、と書かれた背表紙の本は読み手もいないのに勝手に物語を紡ぎ出す……。

——彼の名は傭兵王ゼイン。

強欲の業を持ち——皇国を憎んでいる……。

## ★エピローグ

「お誕生日おめでとうございます。カノン様」

「おめでとうございます、シャント伯爵」

「館長、おめでとうございます」

その日。朝から、カノン・エッカルト・ディ・シャントは大勢の人間から祝福を受けていた。

カノンの十九歳の誕生日。

寒い冬だが朝から色々な人々に声をかけられるので、ぽかぽかと心があったかい。

「おめでとうございます、義姉上」

忙しい業務のせいで、と断りを入れ当日に訪問できなかった義弟レヴィナスは、カノンに「相変わらず高価なものではないですけどね」と珍しい色のインクセットをくれた。

カノンが愛用する筆記用具はレヴィナスがカノンの十八歳の誕生日にくれたものだ。

家族の中で唯一祝ってくれた義弟の心遣いが嬉しくて、今も大切にしている。

「一年前は、ここにいるなんて思わなかったな」

皇宮で皇帝の恋人契約をしているのも予想外すぎる身の上だが、誕生日をこれほど多くの人に祝ってもらえるなんて夢にも思わなかった。

皇太后からは宝石を、ミアシャからは「せいぜい太りなさい」と珍しい蜂蜜をもらった。

児童図書館はこのほど最後の西区の竣工に取りかかり、春には全区画で開館する予定だ。

野望が一つ叶ったわ、とカノンは機嫌よく皇宮の庭を歩いていた。

「あ、カノン！　お誕生日おめでとおっ」

「ジェジェ、ありがとう」

白いふわふわした霊獣は今日も全身で愛嬌をふりまきつつ、カノンに飛びついた。

「これあげる！」

「綺麗ね！」

ジェジェが咥えて持ってきた花冠にカノンは声をあげた。

薄く透き通った花弁が陽の光を浴びて七色に煌めく。皇都の特定の場所、ジェジェのお気に入りの丘にしか咲かない古代の花、銀蓮花の花冠だ。

「ありがとう！　ジェジェがまさか作ったの？」

その可憐な肉球でどうやって？　と目を白黒させていると、ジェジェについてきたらしいラウルが苦笑した。

「花を取ってきたのはジェジェ様ですが、作成者は別の者ですよ」

ジェジェが「そーそー」と胸を張る。

「僕の子猫ちゃんたちがね、つくってくれたのお」

「セシリアとノアが？　ありがとう、って伝えておいてね」

「もっちろーん」

ジェジェが嬉しそうに鳴いてラウルに飛びつき、心得たラウルは霊獣を抱きかかえた。

実は、この度ジェジェには子供が二人できた。――と言っても養子である。

ノアを神殿から引き取るために後見人が必要となったのだが――生半可な貴族が名乗りを上げては神殿の恨みを買う。

神殿の恨みを買わず、地位が高く、しかもあまり皇宮の勢力分布にも関わりがない者。

というと――準皇族のジェジェが適任だったのだ。セシリアはこのまま城で侍女としての教育を受け、ノアは従士としてシュートがしばらく面倒を見るらしい。

セシリアは城で暮らせることに、無邪気に喜んでいたが、ノアは「俺、猫の子になるの？」と些か困惑していた。さらに「従士になったからには、剣に刻む紋章が必要だよねっ！」とジェジェがうきうきと用意した家紋が、霊獣ジェジェ様のありがたい肉球完全再現だったことから、少年はさらに困惑を深めていた。

現場を目撃したルーカスは「たまには毛玉も面白いことをする」と大喜びで貴族の紋章一覧に肉球を登録してジェジェと二人で笑っていたので、多分ノアからはちょっと嫌われている。

「ジェジェ様の我儘に神殿が折れた、という形ですね」

手続き全般を引き受けてくれたシュートが笑っていた。

ポディムは助命する代わりに、ノアが己の息子であることは神殿には報告しないよう契約を結んだ。――ノアはジェジェの養子として自由に生きていける。

「遊び相手が欲しい霊獣の我儘を皇太后陛下が許してくれ、と言えば神殿も強くは言えません――ポディムの失態もありますし。ノアのことは諦めるでしょう」

神殿に行くという選択肢もあったが「神殿には興味があるけど、セシリアと離れたくない」というノアの希望があったからだ。事の顛末もポディムのことも、ロシェ・クルガからノアには伝えられたが、少年がどういう気持ちを抱いたかまではカノンは聞かないことにした。

そこはきっと、カノンが立ち入っていい場所ではないだろうから。

「でも！　これで！　やっと！　断頭台は回避よね！」

カノンは改めて自分に拍手をした。

どうしてヒロインでもない自分が攻略対象と次々に会ってしまうかはわからないが、ロシェ・クルガの暴走はないだろう。

「今年もどうか、幸せに暮らせますようにっ」

カノンは手を合わせて大神に祈った。

「――神は人の願いを叶えるために存在するのではありませんよ。カノン様」

聞き覚えのある声に振り向くと、白い髪をした美貌の神官が柔らかく微笑んでいた。

「ロシェ・クルガ神官。どうなされたのです。今日は皇宮に何か用事が？」

「どう、とは冷たいですね。私の女神の生まれた日を直接祝いたかったのです」

ラウルが渋面になり、ジェジェも眉間？　に皺を寄せた。

「気障な男だな」

二人をまあまあと宥め、カノンは機嫌よくロシェ・クルガに応じた。彼は新年早々行われる選挙で聖官になる。そうすれば、めでたく頻繁には会えなくなる！　断頭台から遠ざかってめでたいが、会えないとわかると何やら寂しい気すらしてくるから不思議だ。

「ありがとう、ロシェ・クルガ。児童図書館の件ではお世話になりました。聖官としてこれからも国のために頑張ってくださいね。あなたこそおめでとう」

聖官の席が二つ空いたのでゾーイの親戚とロシェ・クルガが同時に聖官になるのだ。

ロシェ・クルガはカノンの手を取って口づけた。これからもう関係なくなる相手だと思えば、無邪気に天使のような容姿も目の保養だわ、と楽しむことができる。

「希望した部署に異動できて幸運です。今後も、皇宮でカノン様のために力を尽くします」

ん？　とカノンは首を傾げた。どうも会話が噛み合わない。

カノンが疑問符を飛ばしていると、ロシェ・クルガはカノンの手を両手で包んだ。

「未熟者ゆえ、聖官就任は一年延ばし、しばらくは皇宮に勤めることになりました」

「はっ……？」

カノンの動きが止まる。

「私をお救いくださったカノン様とついでに陛下のお役に立ちたく、皇宮付きの神官として、毎日皇宮に出仕することになりました」

「聞いていませんけどっ⁉」

「はい、今、お伝えしましたので」

ロシェ・クルガはしれっと言って、眼鏡の下でにこにこと目を細めた。

「ので、これからも――末永くよろしくお願いいたします」

遠のいた断頭台がすぐ近くにある。カノンは「嫌だ！」と心の中で叫んだが、その心を知ってか知らずか、ロシェ・クルガは足取り軽く帰っていく。

彼のことは以前ほど苦手ではないが、攻略対象が側にいるのは不安でしょうがない。

どうしてこんなことに、と頭を抱えていると、後ろから大きなため息が聞こえてきた。

「姫君は、……相変わらず隙だらけだな」

「る、ルカ様？」

振り返ると憮然とした皇帝がいた。カノンの花冠がずれたのを見つけると、無骨なくせに器用な指が乱れた髪に触れ、そっと整えてくれる。

「意固地な聖官を己の陣営に引き込むのはさすが姫君だが――あまり、俺以外の男に心を許すなよ。妬ける」

反論をしようとしたのに自然な動きで額に口づけられて、カノンの文句は行き場を失う。

「――行こうか」

短い言葉で誘われ、反射的に手を取ると、皇帝はカノンを部屋まで連れていった。

「祝いの言葉は、もう聞き飽きたかもしれないが」

ソファに座った皇帝が前置きするのでカノンはくすりと笑ってしまった。

いつも人の気持ちなどお構いなしのこの人に気遣われるのは不思議な感じで、嬉しい。

「聞き飽きるなんてことはありませんよ。嬉しい言葉は何度聞いてもいいものです」

そうか、とルーカスは口元に手を当てた。

紅い瞳がこちらを見るので、カノンも微笑み返す。

彼の瞳の中に、笑顔の自分が映っているのがくすぐったい。

「それが、大切な人からの言葉なら、一層」

――ルーカスの動きが止まる。紡ぐ言葉を間違えた気がするが、まあ、いいか、とカノンは訂正しなかった。

彼が大切なことに嘘はないから。

武骨な手が、カノンの頬に触れる。

「――今日という良き日に感謝を。――カノン・エッカルトが生まれた日だ」

額に口づけられて、カノンは微笑んだ。

寒い冬だというのに暖かな気持ちが満ちていく。

カノンの十九歳の誕生日。

今までで一番幸せな誕生日には違いないわ、とカノンは思った。

「さて、誕生日の祝いだが。何が欲しい」

ルーカスが指折り高価なものを数えていくのでカノンは呆れた。

「不要ですよ。いつもいただいてばかりなのに」

「十九年分やる。なんでも言え。ちなみに先ほど言ったものはもうすでに手配している」

とんでもなく高価なものが並びそうだがルーカスは与えたがりだ。カノンが欲しくないと言えば拗ねるに決まっている。仕方ないかと諦めて、カノンは滅多にもらえないものをねだってみることにした。

「では、ルカ様に誕生日の歌を歌ってほしいです」

「……うた」

「お得意じゃないのは、存じ上げておりますけど。たまには苦労するルカ様も見たいもの」

カノンが悪戯っぽくねだると、ルーカスは眉間に皺を寄せて息を吸い込んだ。

前言は撤回せずに、歌ってくれるつもりらしい。いつの間にか部屋に入って護衛の位置についた騎士たち――シュートとキリアンは心得たようにおもむろに耳を塞ぎくるりと後ろを向いた。

シュートの肩が小刻みに震えキリアンが肘で同僚をつついてたしなめる。

ルーカスのこめかみがひくつくのを見てカノンは笑いながら、皇帝の頬に触れた。

「――駄目ですよ。笑顔で歌ってくれなくちゃ」

「わかっている」

やや調子外れな歌はカノンと、床でげらげらと笑い転げるジェジェだけが堪能することになった。嫌々でも、歌ってくれるのが嬉しい。

「お返しは何がいいですか？」

カノンが尋ねると、眉間に皺を寄せたまま、ルーカスはふん、と鼻を鳴らした。

「そろそろ求婚の答えを聞かせろ。そろそろ半年になるぞ」

カノンはええと、とあさっての方向に視線をさ迷わせた。

「その話はまた、別の日に……」

カノンがもごもごと言うと、ルーカスは首を傾げた。

「――俺を黙らせたいなら、有効な方法があるぞ。姫君が塞げばいい」

顔が近づいてくるのを、カノンは逃げなかった。

「――それが、一番いい方法かもしれませんね」

言いながら顔を傾けて、彼の吐息を受け入れる。

二人の騎士はとたんに甘くなった空気を読んで、しばらくの間、まだ耳を塞ぐことにした。

何かを目撃したジェジェがふぎゃっと騒ぎ立てようとするのを、遅れて合流したラウルが抱

きかかえ、お邪魔猫を連れて忍び足で部屋を出ていく。

重厚な扉が、鈍い音とともにゆっくりと閉じられ、しんしんと雪の落ちる音だけがしばらく、部屋を支配した。

トゥーラン皇国の皇帝、ルーカスが婚約を正式に発表したのはこの、少し先。

春が巡ってからの話になる――。

了

# あとがき

初めまして。またはお久しぶりです、やしろ慧です。

このたびは「皇帝陛下の専属司書姫」二巻を手にとっていただき誠にありがとうございました！

七つの大罪持ちの攻略対象に深く関わると、命の危険が生じてしまう、カノン。運命から逃れるために図書館で働きつつ、陛下に揶揄われつつ、一巻でなんやかんやと家族と折り合いをつけ自分の避難場所を見つけたカノンが、……そこは避難場所以上の何かに、なるかな？　どうかな？　という二巻でした。

割と自由に書かせていただいた前作ですが、嬉しいことに続刊ということもあり今回はかなり編集様に相談させていただきました。

書き終わってみれば、当初プロットは原型すら消え。あのまま書かなくてよかった！　という感じの展開になったので心底感謝です。

さて、プロットの大幅変更があったにもかかわらず、しぶとく（笑）己を失わず、責務を全うしてくれた眼鏡神官様。

縁無し眼鏡の神官は性格が（ネタバレ）でなくてはならない！　という作者の信念（……）に基づき、楽しく書けました。眼鏡キャラも神官も実は好きなんですよ。たぶん、バレていますけど……。

挿絵で眼鏡あり、眼鏡無しを描いてくださった挿絵のなま先生には一巻に引き続き、感謝しかありません。今回も表紙、口絵、挿絵と素敵なイラストを本当にありがとうございました！　毎回毎回ニヤニヤします。会社の昼休みに、ファイルを開いてはいけない（笑）と思いつつ、悶えてました。

神官以外ですと、お猫様と陛下の仲良しひんひんショットも大好きです。陛下はいっつも人生楽しそうでいいなー、と羨ましいかぎり。私もこう生きたい……。

挿絵でも素敵に美人に描いていただいた皇女殿下は、初期プロットでは悲劇の女性な予定だったのですが、こちらもルーカスとはまた別の意味で人生謳歌しているかな、という感じの全くの別人になりました。書いている分には、大変楽しいキャラですが、近くにいたら嫌かも。悪気しかないんだけど……、という。

ゲストキャラの姉弟も、ほのぼの書けました。疑似家族、いいよね！

ちょっとしか出番がないのにやたらカッコいい挿絵付きの人も出てきますが、彼は本巻でどこが初出か読み返して探していただけたら嬉しいです。

新キャラもですが、主人公たちを書くのも、もちろん楽しかったです。

カノンとルーカスもプロット時代から考えると長い付き合いに。段々と脳内で勝手に喋ってくれるようになりました。脇キャラのシュート、ラウル、ミアシャ、ジェジェあたりは頭の中では本編と同じくらい喋っていますが、カノンたちがどうなるのか、全員、別方向でヤキモキしてるかなー、と。彼ら視点で主人公たち二人のイチャコラも覗いてみたいかな。

レヴィナスは己の心を隠し気味なのでいつか嫉妬の業を思いっきり開放してくれますように！

今回も編集様、イラストレーター様、校正様、デザイナーの皆様。お世話になりました。ありがとうございました！

そして最後に、本を手に取って下さった読者の皆様に感謝を。

本を読む時間が、どうかひとときでも、楽しく癒されるものでありますように。

それでは、また。

どこかでお会いできることを祈って！

やしろ慧

IRIS
ICHIJINSHA

# 皇帝陛下の専属司書姫2
## 神官様に断頭台に送られそうです！

2022年6月1日　初版発行

著　者■やしろ 慧

発行者■野内雅宏

発行所■株式会社一迅社
〒160-0022
東京都新宿区新宿3-1-13
京王新宿追分ビル5F
電話03-5312-7432（編集）
電話03-5312-6150（販売）

発売元：株式会社講談社
（講談社・一迅社）

印刷所・製本■大日本印刷株式会社

ＤＴＰ■株式会社三協美術

装　幀■AFTERGLOW



ISBN978-4-7580-9463-4


●この作品はフィクションです。実際の人物・団体・事件などには関係ありません。

この本を読んでのご意見
ご感想などをお寄せください。

**おたよりの宛て先**

〒160-0022
東京都新宿区新宿3-1-13
京王新宿追分ビル5F
株式会社一迅社　ノベル編集部
やしろ 慧 先生・なま 先生

IRIS 一迅社文庫アイリス

## 貧乏男爵令嬢、平凡顔になって逃走中⁉

**『雑草令嬢は逃走中！**
**～このたび、騎士団のまかない係を拝命しました～』**

**著者・やしろ 慧**（けい）
イラスト：椎名咲月

王子に求婚された貧乏男爵令嬢オフィーリア。舞い上がっていたところを襲撃され逃げきったものの、気づけば女神のような美貌は平凡顔に変わっていて⁉　襲撃者の目的がわからないまま、幼馴染の伯爵ウィリアムの所属する騎士団のまかない係として身分を隠して働くことにしたけれど……。この美貌で弟の学費は私が稼いでみせる！――はずだったのに、どうしてこんなことに⁉
貧乏男爵令嬢が織りなす、変身ラブファンタジー！

IRIS 一迅社文庫アイリス

引きこもり令嬢と聖獣騎士団長の聖獣ラブコメディ！

# 『引きこもり令嬢は話のわかる聖獣番』

**著者・山田桐子**
イラスト：まち

ある日、父に「王宮に出仕してくれ」と言われた伯爵令嬢のミュリエルは、断固拒否した。なにせ彼女は、人づきあいが苦手で本ばかりを呼んでいる引きこもり。王宮で働くなんてムリと思っていたけれど、父が提案したのは図書館司書。そこでなら働けるかもしれないと、早速ミュリエルは面接に向かうが――。どうして、色気ダダ漏れなサイラス団長が面接官なの？　それに、いつの間に聖獣のお世話をする聖獣番に採用されたんですか!?